講談社文庫

白医

下村敦史

講談社

目次

白医

第一話　望まれない命

1

「善意で人を殺せば聖人ですか？」

証言台の前に座る女性は、被告人ではなく、法壇の面々——裁判官と裁判員たちに問うた。答えが返ってくるはずがないのは承知で、問いかけずにいられなかったのだろう。

厳粛で重々しい空気が張り詰めた法廷内に、沈黙が満ちる。

神崎秀輝《かんざきひでき》は女性の問いかけについて想いを巡らせた。

聖人——。

自分のことを擁護する者の中に、そのような表現を用いた人間がいることは知っている。過激な言動で注目を集める芸能人や評論家だと弁護士から聞いていた。ある週刊誌は『神崎秀輝は殺人鬼か聖人か』と扇情的なタイトルをつけたという。

自分が聖人であれば——そう信じ込むことができれば、死を与える行為に葛藤などはなかっただろう。

女性――水木多香子《みずきたかこ》は神崎を一睨みした。敵意の眼差《まなざ》しだ。

多香子はひっつめ髪をヘアゴムで縛り、喪服のような黒一色のワンピースに身を包んでいた。証言台の上に置かれた拳は、筋が浮き出そうなほど握り締められている。

神崎は彼女を見返し続けた。

多香子はふと視線を逸らし、法壇を真っすぐ見据えた。力強い意志的な眼差しだったが、どこか哀訴《そ》の念が揺らめいている。

一切の情けを削ぎ落としたように厳めしい顔の女性検察官は、一呼吸置いてから質問した。

「雅隆《まさたか》さんの容体はどうでしたか？」

多香子は追憶に浸るようにしばし目を閉じた。目元に涙が光っている。

「調子は――」目を開ける。「決して悪くありませんでした。全身にがんが転移していて、痛みに苦しむ日もありましたが、それでも夫は生きることに意欲的でした」

「雅隆さんが自ら死を望んだことは？」

「ありません。夫は残された時間、少しでも息子と思い出を作りたがっていました。あたしは息子と一緒にできるかぎり付き添いに行きました」

「雅隆さんが亡くなったときのお話をお願いします」

「はい。十二月十一日の朝七時ごろのことです。息子の朝食の用意をしているとき、自宅の電話が鳴りました。不吉な予感を抱いたことをよく覚えています。プライベートでは携帯を使っているので、自宅の電話が鳴ることは少ないからです。しかも、そんなに早い時間帯に……」

多香子は眉間に皺《しわ》を刻み、唇を噛み締めた。訃報が届いた日のことはもう二度と口にしたくないかのように——。

だが、やがて覚悟を決めた顔で続けた。

「あたしは震える手で受話器を取り上げました。『はい……』と応じる声に震えが混じったのが自分でも分かりました。聞こえてきたのは、聞き慣れた看護師さんの声です。その瞬間、ああ、ついにその時が来た、と絶望しました」

「どのような電話でしたか」

「雅隆さんが息を引き取られました、と。目の前にさーっと暗幕が降りたようになって、受話器を取り落としそうになりました。看護師さんの声が遠くに聞こえました」

多香子は顔をくしゃっと歪《ゆが》めた。唇を引き結び、拳を睨みつける。

女性検察官は彼女が口を開くのを黙って待っていた。

「……あたしは息子の小学校に今日は休むと連絡し、着の身着のままで車を運転して、天心《てんしん》病院へ向かいました。隣では、息子が、ママ、どうしたの、何かあったの、って何度も訊《き》くんです。でも、答えられませんでした。答えてしまったら、それが真実になりそうで……あたしはこの期《ご》に及んで、何かの間違いじゃないか、ホスピスに着いたら愛する夫の笑顔が出迎えてくれるんじゃないかって、信じて――いえ、縋《すが》っていたんです」

女性検察官は、お気持ちはよく分かります、と言わんばかりに小さくうなずいた。

「車を飛ばしたい衝動と闘いながら、安全運転を心がけました。もし事故を起こしてしまったら、あたしたちが夫より先に逝ってしまう……今思えば不思議ですが、そのときのあたしは本気でそう思い込んでいたんです」

「天心病院に到着されてからは？」

「……亡くなった夫と対面しました。部屋には神崎医師がいました。夫は――紙のような顔色でしたが、それを除けばまるで眠っているようでした。現実に直面しても信じられず、何度も名前を呼びかけていた気がします。ぎゅっとスカートを握られる感触で、息子の存在を思い出しました」

「息子さんの様子は？」

女性検察官は精いっぱいの気遣いを込めた声で訊いた。多香子は口を開こうとし、また閉じた。嗚咽《おえつ》をこらえるように手のひらで口を押さえ、眉間に皺を作った。肩が小刻みに震えている。

「……何も言わずに耐え忍んでいました。悲しいはずなのに。きっとあたしが動揺していたから、どう反応していいか分からなかったんだと思います。あたし自身、夫に取り縋って泣きわめくべきなのか、どうすべきなのか、分からなかったんです。呆然《ぼうぜん》としているのに、頭の中では冷静な部分があって、まるで部屋全体を俯瞰《ふかん》しているような……とにかく、そこで現実だったのは夫の死だけでした。昨日までは元気に——元気にって言い方も変ですけど、ちゃんと生きていたのに……」

途切れ途切れに紡がれる声には悲嘆が絡みつき、まるで法廷の底を低く這《は》い回っているようだった。

「そこにいた神崎医師は——被告人は何と？」

「……雅隆さんは眠るように亡くなっていました、と。苦しみはほとんどなかったと思います、と言われました。あたしが現実を受け入れられるまで、神崎医師も看護師さんも付き添ってくれて、そのときのあたしは愚かにも素直に感謝していたんです」

彼女は怒気が籠《こも》った眼差しを神崎に据えた。今度は神崎から視線を逸らさなかった。

「真相を知ったのはいつごろですか？」

女性検察官が質問すると、多香子は神崎をねめつけたまま答えた。

「……夫の死から二週間ほど経ってからです。ある日突然、封筒が届いたんです」

「中身は何でしたか」

「告発でした」

「告発！」女性検察官が驚いてみせる。

「はい。パソコンで打ち出した文字で、夫が安楽死させられたことが書かれていました。あたしは最初、意味が分からず、ただ呆然と文面を眺めていました。次第に、夫に恐ろしいことが起きたのだと分かってきました」

「差出人は記されていましたか？」

「匿名でした。天心病院の関係者の誰かが良心の呵責《かしやく》に苛《さいな》まれて送ってきたのだと思います」

「真相を知ってあなたはどうしましたか」

「天心病院に行って院長に面会し、夫は神崎医師に安楽死させられたんじゃないかと問い詰めました。事実無根だと一蹴されましたし、あたしの妄想であるかのように言われましたが、告発の手紙を突きつけたら表情が変わって……。分かりました、すぐ調べます、と」

　語る多香子の声音には、御しがたい怒りが滲《にじ》み出ていた。裁判員の何人かは、同情するようにうなずいている。

「後日改めて説明差し上げたいと言われ、従いました。二日後に連絡があり、会うと、弁護士が同席していて、院長からは、『主治医の神崎医師の治療に問題があったようです。申しわけありませんでした』と謝罪されました」

「続けてください」

「曖昧《あいまい》な言い方で、しかも歯切れが悪いので、強く問いただしたら、神崎医師が塩化カリウムを注射して、それがあたしの夫の死を早めた可能性がある、と」

「なるほど。それは正確な表現ではありませんね……？」

「はい。後から知った話ですが、塩化カリウムはアメリカで死刑執行に使われていたり、安楽死に使われていたりする薬だそうです」

「被告人は雅隆さんに故意に致死量の塩化カリウムを注射し、死に至らしめたというわけですね」

「そうです。担当の神崎医師は、毎日続く地獄のような苦痛を見かねて楽にしてやりたい、と考えたとか。あくまで夫のための苦渋の選択だった、と言われました」

「納得できましたか」

「まさか！　院長と弁護士は問題を矮小化《わいしょうか》し、慰謝料であたしを説得しようとしてきたんです」

恩ある院長には償いきれない迷惑をかけた。院長は事を隠蔽《いんぺい》しようとしたわけではない。

裁判の前に一度だけ面会した際、院長は『事が起こった以上、金銭を支払うしか、自分にはできない。それなのに受け取りをいまだ拒否されている』と悔やんでいた。

彼が誠実な医師であることはよく知っている。

最後に『うちとしては君を守ってやることはできない。すまない』と申しわけなさそうに謝られた。神崎はただ黙って頭を下げた。

「あなたは雅隆さんの安楽死を望んでいましたか？」

「いいえ」多香子はきっぱりと否定した。「愛する夫の死を願うはずがありません！夫には、息子のためにも一日でも長生きしてほしかったです」

「雅隆さん本人はどうでしょう？」

「苦しくても精いっぱい生きようとしていました」

「被告人は雅隆さんを含めて三人の患者を安楽死——死に至らしめています。それを知ってどう思いましたか」

「赦《ゆる》せません」彼女は涙声で言った。「神崎医師は、あたしからは愛する夫を——息子からは愛する父を奪ったんです」


第三回の審理が終わると、神崎は拘置所に戻された。

患者である水木雅隆に塩化カリウムを注射し、死に至らしめたのは事実だ。

だが、法廷で明かされていない事実もある。

——先生……多香子の表の顔に騙《だま》されないでくれよな。

ある日のことだった。体調を確認しているとき、雅隆が縋るような眼差しで言った。

その台詞《せりふ》の意味を知るのは、彼の病状が悪化してからだった。

——あなたがしぶとく生きてたらいい加減迷惑なの！

病室のドアの隙間から漏れ聞こえた多香子の罵倒《ばとう》が耳に蘇った。辛辣《しんらつ》な台詞にぎょっとしたのを覚えている。

人の本心は、表面では計り知れないものだ。愛とは一体何だろう。自分は正しかったのか、間違っていたのか。

いまだ自問する。

2

神崎が勤めているのは、東京郊外にある天心病院だった。終末期を過ごす患者に緩和ケアを行うホスピスだ。ベッドの数は三十床もなく、医師はわずか三人で、看護師は四人。後は臨床心理士《カウンセラー》、ソーシャルワーカー、リハビリ専門医、臨床工学技士、管理栄養士、薬剤師だ。

緩和ケア――。

一言で言えば、重い病気に苦しむ患者とその家族が少しでも苦痛が少ない残りの時間を送れるよう、ケアすることだ。

必ずしも終末期の患者に行うケアに限定されているわけではない。だが、天心病院は死期が近い患者が大半だった。明るく振る舞っている者もいれば、死の気配を纏《まと》って絶望している者、悲観的になって心を閉ざしている者など、様々だ。

治して退院させるのではなく、死を前提とし、少しでも苦痛の少ない最期を送れるよう、手助けする。

時に医師として無力感に襲われ、自分を見失いそうになる。死に慣れてしまえば楽だと承知していても、決して慣れることはなく、常に葛藤が付き纏う。

神崎は更衣室で白衣を羽織ると、看護師の八城優衣《やしろゆい》を伴って個室を順番に回った。

「……具合はどうですか？」

神崎は、ベッドに仰向けで寝ている水木雅隆に声をかけた。二十七歳の男性で、全身にがんが転移している。天心病院に転院してからは抗がん剤の使用を中止しているものの、投与していたころの副作用で頭髪も眉もない。

彼は虚《うつ》ろな瞳をわずかに動かし、一吹きで消えてしまいそうな声でつぶやいた。

「喉が苦しい。綿が詰まっているみたいだ……」

それだけを口にするのが精いっぱいらしく、彼は胸を上下させた。顔は脂汗にまみれており、体内の痛みを吐き出したがっているような荒い息遣いだ。

「痰《たん》を出しましょうね」八城看護師が彼に寄り添い、優しく語りかけた。「そうすれば楽になりますからね」

がんが肺に転移していると、痰が溜まりやすくなる。

八城看護師は彼を側臥《そくが》位《い》にすると、病院着の上から背中を丹念にマッサージしはじめた。吸引器は苦しみを伴うため、彼は嫌っている。

手抜きしない彼女は、排痰法《スクイージング》も、顔を汗まみれにしながら丁寧に丁寧に行う。

彼女は三十四歳とまだ若いものの、死が前提のこの職場で献身的に患者に接している。一ヵ月で辞めてしまう看護師も少なくない中、貴重な人材だった。

「痛みのほうはどうですか？」

神崎はタブレットを取り出し、雅隆の背中側から尋ねた。彼はぼそぼそと答えた。

「痛むんだ。ものすごく」

「どの部分が痛みますか」

「……腕がずきずきして、胸も苦しい」

食いしばった歯の隙間から絞り出すような声だった。

「痛みは強いですか？　一番痛いときを十とするなら、今はどのくらいですか？」

「……八くらいかな。みぞおちにヘビー級のパンチを食らったらこんな感じだろうな、きっと」

痛みの場所や強さを伝えやすいよう、用意した人の体のイラストで部位を指差してもらったり、数字を用いて意思疎通をはかるのは、大事なことだった。現場ではそういうやり方を採用している。

「今はそれでもましだよ」水木雅隆は背中をマッサージされながら、痰が絡む咳をした。「夜中は激痛で目覚めて、そのままずっと寝られなくて。十五くらいかな」

痛みが最も強かった――ということだ。非ステロイド系消炎鎮痛剤《NSAIDs》では緩和しきれていないようだ。

「オピオイドを使いはじめましょうか」

彼は大きく息を吐いた。

「オピオイドって――麻薬だよな？」

「そう分類されますね。モルヒネです」

「中毒が怖いな」彼は弱々しく自虐的な笑みを見せた。「ま、先が長くないのにそんな心配、馬鹿らしいかもしれないけど。煙草《たばこ》だって吸ったことないんだよ、俺」

「……痛みがある患者さんの場合、オピオイドを投与しても依存症になりにくいです」

「そうなのか？」

「痛みがあると、痛みを抑える防御反応としてドーパミン系の回路が抑制されているので、依存症になりにくいんです。ですから、ＮＳＡＩＤｓの効果が不充分だと、使ったほうが良いです。神経障害には効果がありませんが、呼吸困難の苦しみには効きます」

「でも……麻薬を使いはじめると、死への助走をはじめた気がして、いよいよかな、って思ってしまって……それに麻薬に頼ったらますます何もできなくなりそうで……」

病人は自分で様々な可能性を調べるため、時に医師より治療法や薬に詳しいこともある。だが、多くは中途半端な知識で、間違いも少なくない。

「オピオイドは多くの患者さんが誤解されているような、〝看取りの薬〟ではありません。むしろ、痛みを緩和することで、ご自身で諦めていたことができるようになります。前向きな投薬なんです」

マッサージを終えた彼女は、彼の病院着をまくり上げ、温めたタオルで背中を拭きはじめた。

「……痛みが激しいときだけ飲むことは？」

「それはあまりお勧めしません。そうしてしまうと、逆に痛みを感じやすくなってしまうので」

「そう――か」

彼の口ぶりには落胆の感情が滲んでいた。

「飲み薬はもう増やしたくないな。吐き気が強くて……」

神崎は人差し指で首筋を掻《か》いた。

飲み薬のオピオイドだと、吐き気を催すケースがあり、大量に投与できないという問題点がある。制吐薬である程度は抑制できるものの、それにも限度がある。激痛も苦痛なら、吐き気も苦痛だ。無用な痛みを避けなければ、緩和ケアの精神から遠のいてしまう。

「経口投与ではなく、点滴にしましょう。それで吐き気は抑えられるはずです」

マッサージを終えると、八城看護師は側臥位の向きを替えた。不安そうな眼差しと対面する。

「……副作用は？」

症状を抑えるために薬、薬、薬——。新しい投薬の際、患者の誰もが気にするのは副作用だった。

「適量を投与すれば、様々な副作用もそれほど心配はありません」

「それでもあるんだろう？」

「はい。オピオイドの副作用の一つに便秘があります」

「便秘——？」

「はい。今は排便の状況はどうですか？」

「……ちゃんと出てるよ」

答える彼は顔を顰《しか》めていた。今にも泣き崩れそうな、それでいて恥辱を噛み締めているような、複雑な表情だった。

彼は先日、トイレでの排便を望み、自力で歩いて行こうとしたが、倒れ込んで間に合わず、漏らしてしまっていた。

「便秘になったら、極力下剤を使わずに自然排便できるよう、努力してみましょう」

「……他に副作用は？」

「眠気に襲われるかもしれません」

彼は顔を歪めたまま唇に微苦笑を刻んだ。激痛の最中《さなか》、無理して作った笑みのように見えた。

「……今夜にも眠ったまま逝けたら幸せだろうな」

悲観的というより、心底それを望んでいるかのような口ぶりだった。

「何をおっしゃってるんですか」八城看護師がベッドサイドテーブルの整頓《せいとん》をしながら言った。「ご家族も雅隆さんにまた会いたがっていますよ」

彼は、ふっと息を漏らした。自嘲のようでもあり、冷笑のようでもあった。

「どうかされたんですか？」

「面会を――拒絶することはできないかな」

肉体が朽ち、死にゆく様を家族に見せたくないと訴える患者はいる。だが、〝拒絶〟とは言葉が強すぎる。

「つらいんだ……」

絶望の漆黒に塗り込められたかのような声に、八城看護師は一瞬、息を詰まらせた。

「お気持ちは――」

彼女は語りかけようとし、途中で口を閉ざした。安易な共感の言葉など何の慰めにもならないと悟ったかのように。

「ご家族が悲しまれますよ。息子さんも、お父さんに会いたがっています」

「……そうだよな。忘れてくれ」

彼は会話を拒否するように静かに目を閉じた。だが、八城看護師は精いっぱいのいたわりの声で続けた。

「この前だって、息子さん、次にお見舞いに来るときは、お父さんにプラモデルを見せるんだって。誕生日に買ってあげたそうですね。息子さんが大好きなシリーズ。一生懸命作っているそうですよ」

雅隆は何の反応も見せなかった。だが、よく見ると、固く閉じたまぶたがわずかに濡れ光っていた。

3

オピオイドの投薬をはじめると、激痛はいくらか抑えられたらしく、雅隆の苦悶《くもん》のうめきも減った。

「どうですか？」

尋ねると、彼は目を開けた。

「楽にはなったよ」

「そうですか。よかったです」

神崎は質問を重ね、彼の体調を確認した。聞き取っていると、病室のドアがノックされた。

八城看護師と共に入ってきたのは、子連れの女性——水木雅隆の妻と息子だった。

「あ、先生」多香子は軽くお辞儀をした。「夫がいつもお世話になっております」

「いいえ」

「夫の具合は——」

「オピオイドが効いているようで、先週に比べたら痛みはずいぶん落ち着いているようです」

「先日は、痛い痛いって言ってましたから。会話もまともにできないくらいで……息子もそんな父親の姿に怯《おび》えてしまって……」

彼女は丸椅子に腰掛けると、夫の二の腕に触れた。そっと撫《な》でるようにする。

雅隆は息子が見舞いに来る日は、医療用のウィッグを被っている。彼は『もう長くないんだから見栄えなんか気にしないけどさ、骸骨《がいこつ》みたいな見た目で怖がらせたくないだろ』と話していた。だが、体裁を整えても子供の不安を和らげはしないようだ。

「病気になる前は弱音なんて吐いたことがないんです。だから、息子もこんな父親の姿を見るのに慣れていなくて……」多香子は息子を見やった。「動揺しているんだと思います」

息子は、多香子が置いた丸椅子の前で突っ立ったまま、ベッドには近づこうとしなかった。

子供の心理としては無理もない。大きな背中で今まで自分を守ってくれていた存在が、自分でもできること――一人で歩いたり、食べたり、走り回ったり――すら不自由になり、病院のベッドに何ヵ月も繋《つな》がれ、痛みにうめき、涙している姿は、ショック以外の何物でもない。

神崎は母のことを思い出した。

三十五歳のころに母ががんになって弱っていく姿を目《ま》の当たりにしたときは動揺し、怖かったことを覚えている。死に向かう肉親の姿は、目を背けたくなるほど、根源的な不安と恐怖を駆り立てるのだ。

最後の数週間、見舞いをためらった。そのときの後悔は今でも残っている。

――自分を必要としている患者がいる。患者を放置できない。母なら今日明日会えなくなることはないだろう。

そうやって自分を無理やり説得した。

患者の手術中に何本も着信があったことを知ったのは、母の死から二時間後だった。

痩《や》せ衰えた母の亡骸《なきがら》と対面した。どんな最期だったのだろう。担当医に尋ねると、苦しみの少ない安らかな最期でした――と言われた。気を遣ってくれたのだと分かる。

医師として末期がんの患者を何人も診てきた。そんな平穏な最期だったとは思えない。

だが、担当医の言葉を信じたがっている自分がいた。

自分が傷つきたくなくて、目を逸らしてしまった。だからこそ、避けられない死ならせめて苦痛をより少なく――。

家族としても、苦痛にまみれている身内には会いにくいだろう。それが緩和ケアに関心を持つきっかけだった。天心病院の院長に声をかけられたときは、運命じみたものを感じた。

「ほら」多香子は息子に手を差し伸べた。「お父さんに話してあげて。運動会のこと、教えてあげたいって言ってたでしょ」

息子はためらいがちにうなずき、ベッドに近づいた。仰向けになる父親をじっと見下ろす。

雅隆のほうから何か声をかけるかと思ったが、彼は目玉を動かし、無言で見返しただけだった。

「この前ね――」息子が口を開いた。「運動会があってね、僕、リレーでアンカーだったんだよ。赤組でね。青組に負けてたんだけど、一生懸命走って、抜いたんだよ」

雅隆は視線を天井に据えている。

「……一位だったんだよ、僕」

褒めてほしがっているのが明らかで、息子は緊張した顔で父親の反応を待っていた。

静寂の中、エアコンが静かに暖風を吐き出している。

「あなた」多香子が呼びかけた。「何とか言ってやって。哲人《てつと》、頑張ったんだから」

雅隆は大きく息を吐いた。

「……そうか」

「そうか、って――」

雅隆は落ち窪《くぼ》んだ眼窩《がんか》の中で目玉を動かした。死んだ魚のような瞳で妻を見る。

「ベッドの俺は蚊帳《かや》の外だ」

「映像、見る？」多香子はショルダーバッグを漁り、液晶付きのハンディカメラを取り出した。「哲人の雄姿――」

「いや」

「見てやらないの？」

雅隆は興味なさそうに視線を外した。

多香子はかぶりを振りながら嘆息した。哲人に向き直り、優しく頭を撫でる。

「お父さん、今日は疲れてるみたい。少し外、行きましょうか」

哲人は安堵《あんど》したように息を抜いた。

「……うん」

多香子は息子の手をとると、神崎に向かって「先生、夫をよろしくお願いします」と言い残して出て行った。

二人きりになると、気まずい沈黙が降りてきた。雅隆は視線を壁際に流している。一介の担当医に彼の態度を咎《とが》める権利はなく、聞かなかったことにして診察を続けるしかなかった。

「先生……」

雅隆がつぶやくように漏らした。

「何でしょう」

「先生は――リングで大の字になったこと、あるかい？」

「リング？」

「強烈なパンチを貰《もら》って、意識が飛んでさ。気づいたら、ぐわんぐわん揺れる視界の中で高い天井を見上げてんだ。そのときの照明の眩しさがさ――」雅隆は病室の蛍光灯を睨みつけた。「ちょうどこんな感じだったよ」

「……眩しいですか？」

「ちょっとね」

神崎は壁のスイッチを切った。まるで命の灯火《ともしび》のように、蛍光灯がふっと消え、病室が薄暗くなった。カーテンを開けた窓から射し込む夕陽が彼の横顔をうっすらと朱に染めている。

「ボクシングをされていたんですか」

雅隆は儚《はかな》げな微苦笑を浮かべた。

「こんなザマじゃ、そうは見えないだろうけどさ。期待されてたんだよ、結構。日本ランカー目前でさ。チャンピオン目指してた」

彼は薄闇が溜まる天井に向かって手を伸ばした。摑み損ねた何かを摑もうとするかのように。

濡れた瞳でその手を見つめている。

「後からビデオを見たら、首がひん曲がるような一発を顎《あご》に貰って、崩れ落ちてさ。10《テン》カウントだよ。狙い澄ました右フックがカウンターで炸裂《さくれつ》してた。先生はボクシングは観るかい？」

「有名な日本の選手の世界戦がテレビで放送されたとき、二、三度観たことがあります。その程度ですが」

「相手はさ、アウトボクサーで、ちまちまポイントを稼がれて、一発逆転を狙った大振りに合わせられた。いつもはそれでKOしてきたんだけど、そのときは相手が巧かった。さすがに利き腕の右同士のカウンターだから一発だったよ」

「……残念でしたね」

雅隆は急に全身から力を抜き、腕を落とした。まるで自分のKOシーンを再現するかのように。

「プロ初のダウンでさ。初めて知ったよ。脳が揺れるとさ、気持ちいいんだよな。立ち上がりたいって思えなくなる。その快楽に身を委ねたくなるんだよ。ちょうど、オピオイドを投与されてる今のようにさ」

話の行きつく先に漠然とした不安を覚え、相槌《あいづち》も打てなかった。

「ボクサーを立てなくすんのはさ、痛みじゃないんだよ。快楽なんだ。痛みなら耐えられても快楽には耐えられない。どうせなら気持ちいいまま逝きたいよな」

死への願望――。

本来、医師ならば説得しなければならない。だが、ホスピスでは事情が違う。

避けられない死を苦痛なく迎えたい――。

それは死を受け入れた者たちの望みでもある。医師も看護師も安らかな最期を迎えさせてやれるよう、誠意を尽くしている。単なる願望であれば、ホスピスの患者たちが日常的に口にするし、さして珍しくはない。

だが——。

「先生の手で俺を死なせてほしい」

無感情なつぶやきだったが、切実な懇願の響きを帯びていた。神崎はとっさに言葉を返せなかった。

平穏な死を迎えるための手助けと、死へ背中を押す行為は違う。一時的な悲観の感情で口にした世迷い言として、軽口のように扱うのが最善だと思った。

「ご冗談はよしてください」

雅隆の瞳がゆっくりと動き、目が合った。胸の内を探り合うように、しばし間があった。

「今の俺はさ、ダウンしても無理やり引き起こされて殴り続けられているようなもんだよ。タオルを投げてくれるセコンドがいなけりゃ、一体誰が終わらせてくれるんだ？」

彼の真剣な眼差しと向き合っていると、冗談や戯言《ざれごと》で口にしたわけではなさそうだった。

「ホスピスは、苦痛がない最期を迎えさせてくれるんじゃないのかい」

治癒が見込めない患者に苦痛を与えるだけの治療を中止し、人間らしい死を迎えさせる——という理念は、たしかに終末期《ターミナル》ケアでは重視されている。だが、彼の場合、まだターミナル前期だ。症状を緩和し、痛みをコントロールしている段階だ。人工呼吸器や投薬で生きながらえているわけではないので、彼が望む死を与えようとすれば、直接手にかけるしかない。

何も答えられずにいると、雅隆が細腕を持ち上げ、眺めた。筋肉は削げ落ち、骨の輪郭が浮き彫りになっている。それは眼窩が落ち窪み、頬骨が浮き出る顔も同じだった。

「見てくれよ、先生。現役時代はさ、あんなに減量に苦しんでたってのに、今じゃ、三階級も下がっちまった」

食事ができないことは、必ずしも悪いことではない。なぜなら、栄養を摂れば、それががん細胞の餌《えさ》になるからだ。

「笑っちゃうよな」雅隆が自嘲の笑みを漏らした。「トレーニングしてて、やけに疲れやすくて、疲労もなかなか抜けなくて……おかしいなとは思ったんだよ。だけど、初のKO負けを喫したばかりだったからさ。その精神的なもんが原因だって思い込んでた」

「検査はされなかったんですか？」

「負けた日に脳の精密検査は受けたよ。異常なしだった。まさか内臓のほうに問題があるなんて、思いもしないだろ。それで今じゃこのありさまだよ」

「少しでも楽に過ごせるよう、何が最善か一緒に考えていきましょう」

「綺麗事《きれいごと》だよ、先生。この先どんどん苦しくなることが分かってる。楽になりたいよ、早く。苦痛と一緒に自分の肉体が朽ちていくのが耐えられないんだ」

患者から向けられる死の願望に対し、いまだどう答えるのが正解なのか、分からずにいる。

神崎はしばらく彼の感情の吐露に付き合った。

他の病室を回った後、食堂で昼食を摂った。豚の生姜《しょうが》焼き定食が運ばれてくるまでの時間、スマートフォンで『水木雅隆』の名前を検索してみた。

普段は患者と距離を取っている。必要以上に踏み込まず、医師として相手を診るためだ。

だが、それは本当に正しいのか。

彼の人間性や人生を知る手掛かりになるかもしれない。目の前の人間を単なる〝患者〟として診ているだけでは、決して本音にはたどり着かないのではないか。

彼はたしかにプロボクサーだった。顔写真も出ている。無駄がないシャープな顔立ちだ。今とは別人だ。

動画を検索すると、試合の映像があった。イヤホンをつけ、再生してみる。

　せっかくだから彼が勝利した試合を選んだ。

　観客席が半分も埋まっていない試合会場で、リングだけがまばゆく輝いている。ブルーのトランクス一枚の彼は、引き締まった肉体を剝《む》き出しにし、躍動していた。重そうな左ジャブで距離をはかり、右を振り回す。

　相手は軽やかなステップでパンチを躱《かわ》している。放つジャブが的確に雅隆の顔を弾く。

　一ラウンド、二ラウンド、三ラウンド、四ラウンド――。

　流れは変わらなかった。ダウンを奪わなければ――いや、KOしなければ判定負けは必至だろう。素人にも分かる。

　地味な試合展開だった。アウトボクシングをする相手に付き合わされている、という印象だ。飛び散る汗。歓声と罵声――。

　五ラウンド終了のゴングが鳴ると、雅隆は自分のコーナーに引き上げた。

　彼は両肩を丸めるようにして丸椅子に尻を落とした。そのせいで一回り小さく見えた。顔には焦りが色濃く表れている。

　セコンドがリングに飛び上がるや、彼の頰を両手で挟み、鬼の形相《ぎょうそう》で発破《はっぱ》をかけた。

途切れ途切れの怒声が流れてくる。

——何やってんだ、馬鹿野郎！

——あいつのガッツポーズを大の字で眺めたいか！

——そんならやめちまえ！　いつでもタオルを投げてやる！

雅隆の瞳に闘志が戻った。闘犬じみた顔つきで相手陣営を睨みつけ、気合を入れる。

——よし、行ってこい！

リング中央に進み出た雅隆は、目に見えて動きが違った。スピードでは劣っているものの、巧みにプレッシャーをかけ、コーナーに追い詰めていく。そして——ボディを中心にパンチを打ち込み、相手の体力を削った。

その瞬間は六ラウンドの終了間際に起こった。執拗《しつよう》なボディ攻撃を嫌がった相手がガードを下げた瞬間、狙い澄ました右フックが顎に炸裂したのだ。

それまでに相手が稼いだポイントを帳消しにする一発だった。10カウントを聞くまでもなくゴングが打ち鳴らされる。

両拳を天高く突き上げ、雄叫《おたけ》びを上げる彼は、生命力の塊だった。誰よりも肉体的に充実していて、タフだ。一体誰がこの一年半後にベッドから立ち上がれなくなると想像しただろう。

輝きが強ければ強いほど、光が消えたときの闇が濃くなる。今の彼の心を占めるのは、どれほど深い闇なのか。

――観るんじゃなかったかな。

一握りの後悔を抱えたまま、動画を停止した。

神崎は昼食を終えると、ロビーに戻った。哲人がソファに座っていた。両脚をぶらぶらさせながら携帯用ゲーム機で遊んでいる。

「どうしたのかな？」神崎は哲人に話しかけた。「お母さんは？」

哲人はゲームを中断し、画面から顔を上げた。

「お父さんと話があるから待ってろって」

「そっか……」

「僕、いつまで待ってたらいいの？」

下がり気味の眉に一人ぼっちの寂しさと不安が表れていた。

「……先生が様子を見てきてあげよう」

神崎は雅隆の病室へ足を運んだ。

病室の前に着き、ノブに手を伸ばしたときだった。室内から多香子の声が漏れ聞こえた。

「――あなたがしぶとく生きてたらいい加減迷惑なの！」

4

神崎は手のひらがドアノブに触れる寸前で立ちすくんだ。指先に痺《しび》れるような緊張が走る。

呼吸も忘れ、身じろぎすらできずにいた。

「何だと！」

雅隆の怒鳴り声がドアを震わせた。神崎は思わず廊下を見回した。自分に後ろめたさは何もないにもかかわらず、なぜか誰もいないことに安堵した。

「いつまでロープにしがみついてるつもりなの？　このままだったら医療費だってかかるし、保険金だって下りないの」

他人事《ひとごと》ながら鉤爪《かぎづめ》で胸を鷲摑《わしづか》みにされるような、疼痛《とうつう》を覚えた。

踏み込むべきなのかどうか。

「お前がそんな女だと思わなかった！」

「……あたしは現実を見てるの」

地を這うように低い声がドア越しに聞こえた。

患者のためを思えば看過はできない。

神崎はノックし、ノブを回した。蝶番《ちょうつがい》が金切り声を上げる。ドアが開くと、目を瞠《みは》った多香子の顔と対面した。だが、彼女はすぐに焦りと驚きの表情を消し、ほほ笑みを繕《つくろ》った。

「あ、先生」どこかわざとらしく媚《こ》びを含んだ声だ。「夫も今は少し体調がいいみたいです」

機先を制された形となり、神崎は言葉に詰まった。先ほどの罵倒は幻聴だったのではないかと思える。

「あ、ああ……何よりです」

神崎はベッドに歩み寄り、雅隆を見下ろした。彼は無感情な瞳で天井を睨みつけていた。孤独な朽木のようで、肌の色も枯れた樹皮を思わせる。

「大丈夫――ですか？」

心配が口をついて出た。

彼は口元を歪めただけだった。

「先生」多香子が神崎の背後から言った。「このまま痛みはましになっていくんでしょうか？」

平穏を願うような口ぶりだったが、声には緊張が滲み出ていた。質問の真意を疑ってしまう。

「……オピオイドが効いていますから、しばらくは苦痛も抑えられると思います」

神崎は可能なかぎり率直に説明した。病状を偽れば信頼を得られず、患者も家族も現実を受け入れられない。

ホスピスでは、本人の緩和ケアだけではなく、家族ケアも欠かせない。苦しんでいるのは本人だけではない。家族も肉親に迫る死をどう受け止めればいいか、不安で心労を抱えている。だからこそ、症状や治療方針、今後起こり得る問題について正直に話し、理解と気持ちを共有しなければならない。

だが、どこまでプライバシーに踏み込むべきなのか。

家族間には色んな事情がある。今まで看取ってきた患者とその家族も様々だった。全く見舞いに来ない家族もいれば、痩せ細った姿にショックを受けて距離をとってしまう家族や、現実を受け入れられず泣き崩れる家族——。

だが、今回は事情が違う。

「あの……」

神崎は振り返り、一言でも注意しようと思った。だが、多香子はほほ笑みの仮面を外さないまま、小首を傾《かし》げた。

「何でしょう?」

安易な質問を拒絶する雰囲気があった。先ほどの立ち聞きには気づいていないだろうが、さっきの今だからか、警戒心が見て取れる。

「……いえ、何でもありません」

結局、彼女の本音には触れられなかった。

「そうですか……」

多香子は視線を落とした。低く抑えた口調に含みがあった。だが、神崎は気づかないふりをした。さっきのは単なる売り言葉に買い言葉かもしれないし、聞かれていたと知ったらバツが悪いだろう。

「……哲人君が待っていましたよ」

彼女ははっと思い出したように顔を上げた。

「じゃあ――」多香子は雅隆の腕を軽く撫でさすった。「また明日、来るから。休みには哲人も一緒に」

彼は小さく顎を動かした。それが肯定を示す唯一の仕草だった。

「先生」多香子は殊勝に頭を下げた。「引き続き夫をよろしくお願いいたします。苦しみと痛みが和らぐように、何とか……」

今度は一切の他意が感じられず、夫想いの妻としか思えなかった。仮面の精巧さにぞっとした。

二人になると、神崎は内心を押し隠し、彼の診察を行った。普段以上に優しく声をかけ、点滴の量を調整する。

「……それでは、また夜、来ます」

病室を出ようとしたとき、辛《かろ》うじて聞き取れる声で「先生……」と呼びかけられた。

神崎は振り返った。

「どうしましたか?」

雅隆は逡巡するように唇を結び、やがて口を開いた。

「多香子の表の顔に騙されないでくれよな」

それは彼の哀訴のように感じた。

5

それから一ヵ月——。

多香子は週に四度のペースで見舞いに来ていた。

彼女の存在を気にしていたこともあり——不誠実だと知りながら、彼女が見舞いに来たときはドアの前に立ってしまった——、神崎はしばしば悪罵《あくば》を耳にした。

雅隆もどうやら言い返しているようではあったが、命そのものを削り取られているかのように症状は日に日に悪くなっていた。

　以前、面会を拒絶できないか、彼に訊かれた理由が分かった。彼は、自分を罵倒する妻と会いたくなかったのだ。

　見舞いのたび、ロビーで待たされる哲人の姿が目に入った。彼は退屈そうに携帯用ゲーム機と睨めっこしている。

　神崎はため息をついた。

　彼が待たされているときは、必ず病室で口論している。一緒に話せる時間が限られている父親に会いに来た息子を放置してまで、雅隆を罵らねば気が済まないのか。

　神崎は哲人の隣に腰掛けた。

「それ——面白いの？」

　彼は神崎に顔を向けた。プレイしている指が止まった。画面の中で爆発のエフェクトが起こり、『GAME　OVER』の文字が表示される。

「あ、死んじゃった……」

　ゲームの話だと分かっていながら、ぎょっとしてしまう。

「ごめんね。邪魔しちゃったかな」

　哲人は神崎の顔をじっと見つめ、小さくかぶりを振った。

「別に。暇潰しだし」

幼い顔に達観したような表情が表れている。

「お母さんはまだ病室?」

「……うん」

「待たされてるの?」

「……うん」

「どのくらい?」

彼は視線を持ち上げ、壁の掛け時計を見た。

「十五分くらいかな」

「そうか。様子を見てきてあげよう」

神崎は立ち上がり、踵《きびす》を返した。歩き出そうとしたとき、白衣が引っ張られた。振り返ると、哲人が裾を鷲摑みにしていた。リノリウムの床を睨むように視線を落としているため、顔に影が覆いかぶさり、表情が窺《うかが》い知れなかった。だが、垂れ下がった前髪の隙間から覗《のぞ》く唇は嚙み締められており、泣き顔をこらえているように見えた。

「どうしたの?」

哲人は床に沈むような声で囁《ささや》くように言った。

「今は行かないほうがいいよ」

切実な口ぶりだった。

「なぜ？」

彼は言いにくそうに視線をさ迷わせた。それで気づいた。

「……お父さんとお母さんの喧嘩《けんか》を知ってるんだね？」

哲人ははっと顔を上げたものの、また目を逸らした。しばらく沈黙した後、こくりとうなずく。

「哲人君が知っていること、二人は――」

小さくかぶりを振る。

おそらく、毎回待たされることが焦《じ》れったく、病室へ行ったのだろう。そして聞いてしまった――。

「ねえ」哲人が消え入りそうな声で言った。「お母さんが怒鳴るからお父さんは死んじゃうの？」

神崎は絶句した。

実際、多香子の罵倒が呪いとなって体を蝕《むしば》んでいるかのように、雅隆の体調は悪くなっている。

だが、家族に不安を与えるわけにはいかない。

「お父さんの体調がよくないのは、病気のせいなんだよ。お母さんのせいじゃない」

「本当？　でも、喧嘩は嫌い」

「……お母さんも不安なんだと思うよ。今度、喧嘩があったら先生からちょっと話してみよう」

哲人の頭を軽く撫でてやると、病室に向かった。外から開ける前に向こうからドアが開き、多香子が出てきた。

目が合うと、彼女は縋るように言った。

「夫が苦しそうです。どうか痛みを取り除いてやってください」

表の顔は決して崩さない。

彼女が立ち去ろうとしたので呼び止めようとした。だが、結局黙って見送った。

病室に入ると、ベッドの雅隆が顔を向けた。虚ろな瞳は焦点を結んでいない。

「……先生？」

「そうです。私です」

ベッドに歩み寄り、彼の腕にそっと触れた。八城看護師から『スキンテアが……』と報告を受けていたので、注意深く病院着の袖をまくり上げた。

雅隆が「ぐっ」とうめき声を漏らした。

創縁《そうえん》――傷の周囲――が戻せる箇所は皮膚接合用テープで固定してあるものの、他の場所は酷いありさまだった。薄黒い皮膚がめくれ上がり、赤色の肉が見えている。

スキンテア――皮膚の損傷だ。終末期のがん患者は、わずかな摩擦でも皮膚がめくれたり、傷ついてしまう。

「これは――痛いでしょう」

神崎は同情を込めて言った。

「……火傷《やけど》しているみたいだ」

創縁が戻せないスキンテアは、ドレッシング材や医療用粘着テープで皮膚剥離を予防するしかない。

神崎は処置を行いながら、彼の激痛を想像して顔を顰めた。

今の彼は心と体のどちらがより痛いのだろう。

6

廊下を歩いているとき、受付のほうから向かってくる多香子と出会った。

「ああ、先生」彼女はお辞儀をした。「いつもありがとうございます」

「いえ。今日も雅隆さんのお見舞いですか？」

「哲人は学校なので、あたし一人で」

「……そうでしたか」

つまり、多香子は言いたい放題――ということだ。寝たきりのまま、悪罵を浴びる雅隆の苦痛を思うと、放置はできなかった。彼をこれ以上苦しめるわけにはいかない。息子も聞いてしまっているのだ。

「少し――お話ししませんか」

通りすぎようとした多香子に声をかけた。彼女は立ち止まり、不安そうな顔で「夫の具合が深刻なんですか？」と訊いた。心配が滲み出ている。演技がうまい。

「雅隆さんに関係のある話です」

多香子は小さくうなずいた。

私は先導してホスピスを出た。ロビーで話すような話題ではない。

石畳が敷き詰められた敷地では、白衣の上からも染みとおる寒風が吹きすさび、並ぶ裸木の枝々が震えていた。

冬は終わりを連想させるから好きではなかった。

「座りましょう」

木製ベンチに並んで腰を落ち着けた。神崎は膝の上で両手の指を絡め、前方を見つめた。

「夫は……」

多香子は焦れたように口を開いた。神崎は横顔に刺すような視線を感じながら一息ついた。

プライベートの家族関係にどこまで踏み込むか、という問題はある。だが、それが患者本人の精神状態や体調に悪影響を及ぼし、平穏な残りの人生を妨げているなら無視はできない。それも含めての緩和ケア、終末期《ターミナル》ケアではないか。

「……最近は症状がよくありません」

彼女が緊張したのが肌に伝わってくる。

神崎はちらっと彼女を窺った。多香子は続きを促すように、じっとこちらに目を注いでいた。

「お見舞いは――控えていただけませんか」

雅隆のことを思えば、それが最善だろう。

「なぜですか？」

通常の病院のように面会謝絶にするわけにはいかない。家族が後悔なく患者を看取れるよう、最期までケアするのがホスピスの理念なのだ。家族を締め出すことはできない。

「あなたの存在が雅隆さんを苦しめています」

神崎ははっきりと言った。多香子は目を剝き、言葉を失った。よもや自分が元凶にされるとは思いもしなかったのだろう。

「思い当たることがおありでは？」

ウェーブがかかった多香子の茶髪を寒風がさらっていく。はためく髪が顔を隠すように暴れても、彼女は掻き上げたりはせず、なぶられるままにしていた。

やがて風が止み、髪が落ちた。現れた表情には、攻撃的な警戒心が満ちあふれていた。

「あたしが何をしたって言うんですか」

どうあってもこちらから言わせるのか。語るに落ちないよう、言動には細心の注意を払っているのだろう。

「……病室のドアは意外と薄くて、声が聞こえるんです。そう言えばお分かりでは？」

多香子の目がスーッと細まった。

二人のあいだを寒風が吹き流れていく。

「彼の苦しみを思うと、黙っていられませんでした」

彼女は足元に視線を落とした。落ち葉を睨む眼差しには、思いつめたような切実さがあった。

「……あたしは残酷です」

後悔の吐露だった。自覚しておきながらなぜそんな言動を――と思う。

「ご家庭の経済事情など、色々あるかと思います。しかし、なにも今このときでなくても――」神崎は彼女同様、地面を見つめた。「残りの時間、心安らかに――」

「分かっています。あたしも分かっています。でも、哲人のためにも死んでほしくないんです。一日でも長く生きてほしい。あたしの願いはそれだけです」

死んでほしくない？

何か話が嚙み合っていない。いや、そもそも、彼女が会話していないせいか。

一方的に喋《しゃべ》っている。想いを吐き出している。

「あなたは雅隆さんを辛辣に責めています。聞いていられなくて、こうして出過ぎたまねをしています」

横目で窺うと、多香子は苦悩の表情を見せていた。

「彼は――プロボクサーだったんです」

「知っています」

「あたしはジム経営者の娘で、ボクシングに一途な姿に惹かれて付き合いはじめたんです。結婚前に妊娠したときは、ずいぶん父に怒られましたけど……彼は、守るものがあるほうが頑張れるって、プロポーズしてくれて」

話を聞いていると、憎む要素があるとは思えない。

こちらの当惑が伝わったのか、彼女は一呼吸置き、ふっと息を抜いた。唇に微苦笑が浮かぶ。

「諦めそうになる彼を奮い立たせるとき、インターバルでセコンドがどうしていたか知っていますか?」

彼女は神崎の目を真っすぐ見ていた。神崎はその瞳の中で問いの真意を探した。

それから自分の記憶を探った。動画のワンシーンを思い浮かべ、はっとする。

反骨心を煽り立てる挑発的な叱咤――。

鬼の形相をしたセコンドは、『何やってんだ、馬鹿野郎!』『あいつのガッツポーズを大の字で眺めたいか!』『そんならやめちまえ!　いつでもタオルを投げてやる!』と彼を怒鳴りつけていた。中高生の部活でコーチが浴びせていたら問題になるだろう台詞でも、プロの――しかも命懸けの格闘技の世界では違う。現に雅隆の瞳には闘志が戻り、その後、ＫＯ勝ちをおさめている。

神崎は慄然《りつぜん》とした。

「まさか、あなたは彼が生きる意志を失わないように――」

多香子は表情から力を抜き、ブロック塀のそばの木立へ視線を逃がした。

――あたしは残酷です。

彼女が吐き出した言葉の意味が今、理解できた。

「夫は――彼は死にたい、死にたいって。哲人の前では我慢しているみたいですけど、ふとした拍子に漏らすんです。そのたび、哲人が泣きそうな顔で竦《すく》むんです」

神崎は唾を飲み込んだ。

「哲人がいなければ――夫婦二人だったなら、あたしもこんなこと、しません、絶対に。でも、息子がいるのに彼は死を望むようなことばかり言って……。逆に言えば、息子の存在が生きる意志に繋がらないほどの苦痛なんでしょうね」

彼女を見誤っていたのだ。

実際、彼女が厳しい言葉をぶつけるようになってから、雅隆は死への願望を口にしなくなった。

だが、治療で苦しみながらも、妻への憎しみで生き続けることが果たして幸せなのか。

神崎は言葉を選びながらそう問いかけてみた。

「あたしは――たとえ恨まれても、愛している彼に死んでほしくないんです。哲人のためにも」

彼女は痛々しいまでの、悲愴な覚悟を宿していた。

彼女の真意を知り、どうすべきなのか分からなくなった。一方的な憎しみだと思ったからこそ、患者のためを思って口出ししたのだ。

自分は一体どうすればいいのか。

7

彼がまたその台詞を口にしたのは、裸木に残ったわずかな枯れ葉も散って寒風に掃《は》かれていく、寒さが骨身に染みるある日のことだった。

「先生の手で楽にしてくれ……」

エアコンの音しかない病室で、雅隆は苦悩にまみれた顔を天井に向けていた。

「雅隆さん……」

「本気だよ、先生」

覚悟を決めた眼差しと対面した。

「……痛みが強いですか？」

彼は、愚問だろ、と言いたげに唇を歪めた。

神崎は「すみません」と謝った。

聞くまでもない。彼の体調は急速に悪化しており、オピオイドの効果も薄くなっていた。嘔吐《おうと》、貧血、発熱、疼痛、しばしば襲う呼吸困難——。全身症状が強く出ている。

「一人じゃもう何もできないのに、苦痛を味わうためだけに生かされて……何の意味があるんだ？」

それは終末期の患者の誰もが――又はその家族が――抱く問いだ。だが、医者としては何も答えられない。

なぜなら――。

それは患者それぞれの人生の問題だからだ。残された時間で何を見つけられるか、何を得られるか、人によって違う。もしかしたら苦しみと絶望以外に何もないかもしれない。

だからこそ、赤の他人である医師には答えられない。

精々できるのは、何かを見つける手助けだけだ。

末期がんだった母の死が否応なく記憶に蘇る。

誕生日に有名店のプリンを食べて無邪気に喜んでいた母がどんどん衰弱し、一年半も寝たきりで「痛いよ、痛いよ」「苦しいよ」とうめいている姿は見ていられなかった。

明るかった母の人生の最後の一年半は、苦痛と泣き顔ばかりだった。

母の死から四年後に心筋梗塞《しんきんこうそく》で他界した父は、死こそ突然で、何も心の準備ができていなかったものの、苦痛はほぼなく、死に顔は眠っているように安らかだった。

最期の迎え方として、どちらが幸せだったのか。

「お気持ちは理解できます。苦痛を伴う治療の全てを拒否したいというお話なら――」

「違うよ、先生。終わりにしてほしいんだ」

「終わり……」

「分かるだろ、俺が言いたいこと」

安楽死――。

しかも、彼が求めているのは積極的安楽死だ。酸素マスクや点滴の中止で死を迎える消極的安楽死と違い、致死性の薬物の注射などで殺してくれ、と訴えている。

「それは――殺人です」

「被害者が死を望んでるんだよ。その場合、罪にならないんだろ」

「……自殺幇助《じさつほうじょ》と同じで六ヵ月以上、七年以下の懲役、または禁錮《きんこ》ですね。殺人罪よりは軽いですが、罪になります」

「さすがホスピスの先生。詳しいんだな。乞われ慣れてる感じだ」

苦笑いするしかなかった。たしかに乞われ慣れているし、説得の難しさも知っている。

「でもさ、それは発覚したら、だろ。医者ならさ、何かやりよう、あるだろ」

神崎はそれには答えず、問いかけた。

「あなたは苦痛を理由に死を望んでいるんですか？」

雅隆は質問の真意を探るように目を細めた。

「想うところがあれば、吐き出してください」

「……苦痛が全てだよ。他に何がある？」

彼を追い詰めたのは、妻の言動ではないか。肉体的、精神的に健康で充実しているときと違い、死が避けられない病気に苦しんでいる病床では、反骨心も長くは続かないだろう。一時《いっとき》ならまだしも、何日も続けば精神を蝕んでいく。

この天心病院に誘われた当時、安楽死を合法化したオランダに勉強に行った。向こうでは自立した死――安楽死を含む――を迎えることこそ、本人の尊厳を守るＱＯＬ《クオリティ・オブ・ライフ》として大事にされている、と知り、日本より先を歩いているその理念は参考になると考えたからだ。

そこでたまたま安楽死の話になり、オランダ人医師から一九八九年のある報告書のことを聞いた。

オランダ保健福祉スポーツ省の医療検査官の元ホームドクターが三年がかりで作成した安楽死の実態調査だ。

安楽死の最も大きな理由に『痛み』を挙げたのは、わずか五パーセントだったという。約三十パーセントは、これ以上苦しむ意味があるとは思えない、という『意味のない苦しみ』だった。『屈辱に対する回避』が約二十五パーセントだ。当時の医療関係者に衝撃を与えた調査結果だったらしい。

人は痛みに耐えかねて死を望むのではない。

だが、検察へ提出する報告書では、安楽死の理由として『意味のない苦しみ』は四パーセントに落ち、逆に『痛み』が二十パーセントに跳ね上がるという。

あまりの激痛に耐えられないから安楽死を望むのだ、と訴えるほうが一般的に理解を得やすいということだろう。

雅隆は苦痛を理由にしているものの、彼の心の奥底の本心を知りたかった。

神崎は意を決し、踏み込んでみることにした。

「奥さんの辛辣な言葉があなたを追い詰めているのではありませんか」

雅隆は下唇を噛み締め、まぶたを伏せた。

今まで世界各国で審議された安楽死の合法化が否決されてきたのは、第三者が故意に命を奪う倫理的な是非もさることながら、貧しい人間や弱者の切り捨てに繋がる危惧もあったからだ。

治る見込みがない病気でベッドに繋がれている患者は、日々、様々なプレッシャーを感じている。家庭が経済的に恵まれていなければ、治療費や入院費を使わせている

ことに罪悪感を抱く。頻繁に見舞いに来てもらっていたら家族の時間を奪っているこ
とに罪悪感を抱く。
そのうち、『早く死んでくれたらいいのに……』という家族の声なき声を聞くよう
になる。人の心の中は決して見えないからこそ、被害妄想だと自分に言い聞かせても
信じられず、常に疑念が付き纏う。
――このまま家族に心理的、経済的負担をかけるくらいなら死にたい。
やがて患者の頭に棲みつく悲観と諦念――。
罪悪感や申しわけなさから安楽死を望む患者の命を奪う行為は、正しいのか。許さ
れるのか。〝気持ち〟を死の理由にすることが許されるならば、人生に希望が持てな
い、学校のいじめがつらい、失恋した――という理由の死も認めざるを得なくなる。
だからこそ、病気による〝耐え難い苦痛〟と本人の〝気持ち〟は分けて考えなければ
いけない。
だが、実際に区別が可能なのか。
結局のところ、どのように言い繕っても、患者の主観の願望を第三者の医師が判断
して行うのが安楽死だ。
「やっぱり――先生は知ってたんだな」
「漏れ聞こえてきました」

「……そうか」

雅隆は強く歯を嚙み締めるように口元を盛り上げた。あふれ出そうな悲痛な絶望をこらえるように。

言いたかった。言ってしまいたかった。

――あなたを追い詰めている彼女の言葉は、あなたの背中を叩いているんです。背中を押しているわけではないんです。彼女はあなたの死を望んではいません。

多香子の切実な哀訴を思い出しながらも、神崎は重い口を開いた。

「奥さんの言葉があなたを追い詰めているなら――」

雅隆はうっすらと目を開けた。

「言ったろ、先生」

「え？」

「多香子の表の顔に騙されないでくれよなって」

「……覚えています。前におっしゃっていましたね。奥さんは裏であなたに暴言の数々を――」

「違うよ、違う。それが俺の言った表の顔だよ」

彼の言葉の意味が理解できなかった。

暴言の数々が表の顔――？

それに騙されないでくれ、ということが彼の真意なら――。

神崎は愕然《がくぜん》とした。

「……あなたは最初から奥さんの本心に気づいていたんですね？」

8

質問に対し、雅隆は無言で目を逸らした。それで察してくれと言わんばかりだった。

「まさか全てを察していたなんて――」

「……多香子の声が廊下の先生にも聞こえたと思ってさ。だから聞いたままを真実だと誤解しないでくれ、妻を冷淡で残酷だと誤解しないでくれ、って意味で、ああ言ったんだよ」

――先生。多香子の表の顔に騙されないでくれよな。

夫想いの表の顔に騙されないでくれ、という意味ではなく、夫を罵倒する表の顔に騙されないでくれ、という意味の忠告だった。

「彼女の真意にお気づきなら、そこまで思い詰めなくても――」

雅隆は小さくかぶりを振った。

「真意を知っていてもつらいものはつらい、ということですか？」

「違うよ、先生。そうじゃない」

「では なぜ？」

「……多香子につらい嫌われ役をさせていることが申しわけないんだよ」

今にも押し潰されそうな顔と声だった。返す言葉を見つけられずにいると、彼が苦渋の形相で言った。

「俺を弱虫だと思うかい、先生？」

「いいえ」神崎は即答した。それだけは迷わず答えられる。どの患者から投げかけられたとしても、返事は決まっている。「病気の苦しみを吐き出すことは、〝弱さ〟ではありません」

「でも、弱音だろ？」

「大事なのは〝強さ〟や〝弱さ〟のような外の評価ではなく、患者さんそれぞれのありのままの気持ちを尊重することだと思っています」

「ありのまま――か」雅隆は自嘲するように笑った。「死にたいってのもありのままじゃないのか？」

「……そうですね。患者さんの正直な気持ちだと思います。私に否定することはできません」

「息子がいるのに早く楽になりたい——って思ってしまう。息子のためならこの苦痛に耐えて少しでも長く生きよう、って思えないんだよ。多香子からしたら、息子を遺《のこ》して死にたいなんて、信じられないんだろうな」

「だからあんな奮起のさせ方を——」

「多香子が本音じゃないのは——心を殺しながら、血反吐《ちへど》を吐くような思いで口にしてんのは、顔を見れば分かる。俺よりも苦しそうな引き歪んだ顔をしてんだよ、いつも」

雅隆は下唇を噛み締めた。皮膚が破れて血が滲みそうなほど強く。

「……俺はそれがつらいんだよ」

「その本音を正直に話しては？」

「言えねえよ。俺だってそれで救われてるところがあるんだからさ」

「あなたも？」

「多香子を悪く思わないでやってくれ。ああいう言葉、俺が誘ってたところがあるんだよ。優しい言葉をかけられるとさ、最初こそ救われても、だんだん毒のようになって体を蝕んでいくんだ。申しわけなくもなるし。情けなさと惨《みじ》めさを感じて、絶望に打ちのめされる。二人に八つ当たりしたりさ」

彼は悲嘆が絡みつく声で淡々と語った。切実な感情が伝わってくる。

「多香子は結構きつい性格でさ。ジムの娘だしな。俺もそこに惚《ほ》れたんだよ。だけどさ、そんな多香子に優しくされるたび、もう日常には戻れないことや、死を意識してしまって、耐えられなくなるんだ。多香子が今みたいな態度を取るようになったのは、俺がそんな本心を告げたってのもあるかもな」

告白を聞いてみると、複雑な心境が分かった。

「……俺さ、昔から『なにクソ！』って思わなきゃ、尻尾を巻きたくなる性質《たち》なんだよ」

思い違いをしていた。彼の体調が急激に悪化していたのは、辛辣な言葉によるストレスが原因だったのではなく、奮起のために生命力を燃やしすぎたからではないか。

「この前——哲人がさ、多香子の目を盗んで俺に訊いたんだ。お母さんが怒るから苦しいの？　って。今にも泣き出しそうな顔でさ」

彼は体の痛みより、心の痛みのほうが苦しそうに顔を顰めた。

「違う、病気のせいだ、って答えたけど、哲人は言うんだよ。お母さんは嫌い、って……。病室であんだけずっと多香子にしがみついてたのに、多香子からも距離を取ってんだよ、あいつ」

以前、同じような質問をされ、同じように答えた。きっと誤魔化しのようにしか聞こえなかったのだろう。

「……大事な息子をこんなに傷つけて、俺は何してんだろう、って。自分が嫌になる」

　悔恨の泥沼に沈んでいきそうな声だった。いや、もう彼は充分に溺《おぼ》れている。

「死が避けられないなら、これからも生きる人間のことを第一に考えるべきだろ。なあ、先生」

「……私には答えられません。どのような形で誰とどんな思い出を作るのか、誰に何を遺すのか人それぞれ違うものですから」

「俺にとって――」彼は一時、歯を嚙み締めた。「一番大事なのは哲人なんだよ」

　神崎は黙ってうなずいた。

「俺が生きる気力を奮い立たせようとしたら、多香子も苦しめるし、哲人も傷つける。哲人にはさ、父親の最期の瞬間を憎しみの記憶にはしてほしくないんだよ」

　雅隆は筋肉が削げ落ちた腕を、まるで丸太であるかのように重々しく持ち上げた。震えている。サイズが合わない病院着の袖が二の腕まで滑り落ちる。スキンテアで皮膚がただれた前腕があらわになった。あまりに痛々しい。

　プロボクサーとして、対戦相手を強烈なパンチでKOしてきた腕は見る影もなかった。

「チャンピオンベルト巻いてさ、まばゆい照明の下で哲人を抱き上げてやりたかったなあ……」

彼の顔がくしゃっと歪み、目元に涙が滲んだ。嗚咽をこらえるように下唇を噛む。

「……頼むよ、先生。もうタオルを投げてくれ」

絡みついていた感情を全て剝《は》がし取ったような声だった。

オランダの安楽死の実態報告書を改めて思い出した。人は肉体的な苦痛以外の理由で死を望むのだ。

当時は、それを認めたら日本で発生している何万という自殺を肯定することになるのではないか、という思いがあり、安易にはうなずけなかった。

だが――。

ホスピスで終末期の大勢の患者と接し、多くの死を目の当たりにするうち、当たり前の事実に気づいた。

事件や事故、病気と無縁ならばこの先何十年も生きられる人間が、悲観や絶望で選択する自殺と、あと数ヵ月生きられるか分からない患者が残りの時間を肉体的、精神的苦痛と共に生かされるのに耐えかねた安楽死は、決して同じではない。

死を望む患者や、安楽死を口にする患者は何人も見てきた。彼と他の患者の違いは何だろう。

彼の話を聞くうち、初めて患者に対して思ってしまった。

不幸だ――と。

「先生」雅隆が視線を外し、つぶやくように言った。「俺だって、そこから身を乗り出す程度のこと、できるんだぜ」

神崎ははっとして彼の視線の先に目をやった。今の話に不釣り合いなほど透き通った陽光が射し込む窓がある。

それだけはさせてはならない。

もし懇願を突っぱねたら、彼は間違いなくそれを実行してしまうだろう。

自分も覚悟を決めるべきだった。

神崎は深呼吸した。

その言葉を口にするには、人生をなげうつような決心が必要だった。

二度と後悔しないためにも。

「……分かりました。私があなたを送ります」

9

真夜中、神崎は薄暗い病室でベッドのそばの丸椅子に腰掛けていた。ベッドサイドテーブルのスタンドの明かりを最小限に抑えてある。薄闇が侵食する室内で、電球の周りだけが仄《ほの》かに光り、雅隆の顔に陰影を作っている。

ホスピスの人間に気づかれるわけにはいかないので、電気は消しておかねばならない。

「気分はどうですか？」

神崎は彼に語りかけた。お決まりの質問だったが、今日の意味はいつもと少し違った。

「……いい気分だよ」

これで全てが終わるのだと思えば——、という心の声を聞いた気がした。

明かりの弱々しさは、命の灯火のようだった。彼の顔は薄闇の中に沈んでいる。

この瞬間、全世界に自分と彼しか存在していないような錯覚に囚われた。

「がんになる前は、試合で死ぬのは本望だ、なんて言ってたけど、やっぱ死は怖いよな。それともリングの上だったら違ったのかな。分かんねえや」

「もし少しでも後悔や迷いがあるのなら——」

「いや、後悔も迷いもないよ。ちょっと感傷的になってるだけさ」

神崎は筋弛緩剤と塩化カリウムを準備しながら言った。

「……私は間違っているのかもしれません。ですが、私はあなたの意志を尊重します」

雅隆はうっすらと笑みを浮かべた。影が覆いかぶさっているせいで、顔が歪んでいるように見えた。

「ありがとう、先生」

「奥さんや息子さんに何かお伝えしておくことはありますか？」

雅隆は小さく首を動かした。

「……そうですか。分かりました」

神崎は雅隆の腕を取った。その瞬間、まるで腕を根元からもぎ取られそうになったかのように、彼は苦悶のうめきを発した。

「すみません、痛かったですね」

雅隆はうっすらと笑みを浮かべた。

「最後の痛みと思えば、名残惜しいくらいだよ」

神崎は釣られて笑みを返した。

「……じゃ、頼むよ、先生」

神崎はうなずき、彼の腕に注射針を刺した。筋弛緩剤で呼吸を止め、塩化カリウムで心臓を止めるのだ。

薬液を注射すると、雅隆はゆっくりとまぶたを伏せた。次第に反応が緩慢になっていく。

意識がなくなったかと思った矢先、雅隆はまぶたを痙攣《けいれん》させ、唇を動かした。

神崎は彼の口元に耳を寄せた。彼が囁いた言葉は、辛うじて――だが、はっきりと聞き取れた。

「……最後まで夢を見させてやれなくてごめんな」

それが彼の最期の言葉だった。

雅隆は苦痛と無縁な永遠の眠りについた。

10

神崎は拘置所の中で息を吐くと、追想をやめた。

水木雅隆の安楽死の真相は胸に抱えたまま、ずっと沈黙してきた。裁判でも明かすつもりはない。

神崎は水木多香子のことを想った。

彼女は夫を愛していた。それは間違いない。だが、息子のために一日でも長く生きてほしい、という想いでとった言動は、果たして夫のためになったのか。彼自身、叱咤を望んでいたとは言ったものの、最後の最後まで感情をぶつけ合う関係性に精神が削られたことは想像に難《かた》くない。

真実を明かせば、情状酌量の可能性もあることは分かっている。だが、雅隆が安楽死を乞うたことを知れば、彼女は後悔するだろう。思い悩むだろう。自分の無力感に苛まれ、もっと何かできたのではないか、いや、自分が結局苦しめたのではないか、と。

しかし、現実はもっと残酷だった。生きるための闘志を奮い立たせるいびつな関係が彼を苦しめていた――という事実は、彼女を後悔のどん底に突き落とす。最愛の夫を亡くした上に、不必要な苦しみまで背負うことはない。だから雅隆から死を懇願されたことも、自殺を仄めかされたことも、一切口にしていない。

患者たちと長く接しているうち、死こそが平穏だと考えるに至った、と自白した。身勝手な自己満足同然の〝殺人行為〟を世間の多数が非難していることは知っている。それでも〝聖人〟と持ち上げる人間があるとは驚きだった。いや、正確には、安楽死肯定派のイデオロギーで祭り上げられているのだろう。

何にせよ、裁判で彼女から憎しみを向けられても、それは当然だ。彼に死を与えた事実は変えられない。妻や子供の意志や望みは無視し、彼の――本人の決意だけを重視した。

遺された者は納得できないだろう。

出される判決を受け入れるつもりだ。

法が自分の行った安楽死にどのような答えを出すのか。
それを知りたかった。

第二話　選択する命

1

——私を死なせて。

カーテンが春風を孕《はら》んで膨《ふく》らみ、病室の床に一枚の桜の花びらが舞い落ちたとき、高井《たかい》一正《かずまさ》は声なき声を聞いた。

高井は窓を閉めながら振り返った。くの字に傾斜しているベッドに半分だけ上半身を起こしている彼女の顔は、表情が引き攣《つ》ったまま固まっているものの、健康だったころの美貌が充分に想像できる。今は黙って壁を睨んでいる。

——何か言いました？

その質問自体が残酷になると思い至り、高井は寸前で言葉を呑み込んだ。

高井は白衣の襟を整えると、看護師の八城優衣に目をやった。視線が絡んでも何も言わずにいると、彼女は小首を傾げた。

彼女には聞こえていないのか。反応を見るかぎり、幻聴だったのだろう。

高井はベッドに歩み寄り、患者——新倉真葵《にいくらまき》を見た。化粧っ気はなくとも、眉は緩やかなアーチを描き、目鼻立ちも整っていた。どことなく気だるげな儚さが漂っている。装着された人工呼吸器が彼女の美しさを損なう唯一の異物で、悲愴感を強調していた。

「……何か伝えたいことはありますか？」

高井は担当医として当然の質問をした。真葵は眼球を横に動かし、八城看護師を見た。

「あっ、ちょっと待ってね」

八城看護師が慌てて取り出したのは、アクリルの透明文字盤だった。長方形の文字盤に平仮名と数字、『はい』『いいえ』『トイレ』『コール』『右』『左』などの単語が書いてある。

彼女は真葵の真正面に立つと、文字盤を掲げた。真葵が目を動かし、特定の文字に向ける。

「ま、ど、は――」

透明文字盤は、発声できない患者とのコミュニケーションのための道具だ。向き合った介護者と患者の目線が一直線になった文字や単語を拾い、会話するのだ。

患者がどの文字に視線を合わせているか、介護者が正確に判断しなければならないので、とても難しい。

「ま、だ、し、め、な、い、で」

真葵の要望を聞いた高井は、窓を開けたままにした。カーテンも少し開けておく。首も動かせない彼女は、ベッドの上では景色を見られないが、気分だけでも違うだろう。


二十七歳の真葵は筋萎縮性側索硬化症《ALS》だった。脳や末梢《まつしよう》神経からの命令を筋肉に伝える運動神経細胞が侵され、手足の麻痺《まひ》などにはじまり、徐々に筋萎縮《きんいしゆく》が進行していく原因不明の難病だ。発症して三年から五年で全身の筋力が失われ、食事や歩行、起立のみならず、呼吸すら自力でできなくなる。ただし、眼球運動障害や感覚障害、膀《ぼう》胱《こう》直腸障害などは末期になるまで症状が表れにくいため、患者の多くはしっかり五感があり、瞳の動きで意思の疎通ができる。トイレも介助さえしてもらえれば、垂れ流しにはならない。


ALSは日本では約一万人が発症している。五十歳から七十四歳の年齢層に多く、若いほど少なくなる。男女比は一・三対一で、男性のほうが多い。

二十代で発症するケースはかなり少なく、女優だったという彼女は自分の運命を呪いたくなるだろう。

緩和ケアを行う天心病院には、生命を脅かす疾患に罹患《りかん》している者が入院している。ほとんどのホスピスでは、抗がん剤などの理学的治療は行っていない。点滴や輸血、血液検査など、状態を維持する検査や治療を行いながら、苦痛が少ない時間を過ごせるよう、ケアする。

保険診療上は『苦痛の緩和を必要とする悪性腫瘍《しゅよう》の患者、又はエイズの患者』となっているものの、天心病院では必ずしもそのような患者ばかりではなかった。『緩和ケアを受けたい患者は、末期がん患者やエイズ患者にかぎらない』という院長の方針で、多様な患者を受け入れている。

「他にご希望はありますか」

高井が尋ねると、八城看護師がまた透明文字盤を使って声を読み取った。書かれた文字に視線を合わせながら、その都度、指に文字を当てていく。

――し、に、た、い。

高井ははっと目を剝き、八城看護師と顔を見合わせた。彼女は自分が順に指した文字を口にできずにいた。

「……どうやら、今日は気分があまりよくないようですね」高井は慎重に話しかけた。「つらいことがあれば何でも話してください」

真葵の瞳に怒りが渦巻いた――気がするのは、決して気のせいではないだろう。

八城看護師が文字盤を掲げる。言葉を発することができれば十秒で終わる内容も、一文字一文字の確認作業が必要なので、何分も要する。

高井はじりじりしながら待った。あえて八城看護師の手元は見なかった。壊れた人形に魂だけ移されたようなこの苦しみが分かりますか。

「〝つらくないことが何か一つでもあるんですか〟」

八城看護師が無感情な声で言った。それが真葵の深刻な感情を如実に表していた。

他の患者から死を仄めかされたり、生を否定するような言葉を向けられることはしばしばある。だが、彼らは深刻になりすぎることを避けたい心理があるのか、世間話のついでのようなさりげなさで、気軽に口にする。だから、医者としても軽い調子で受け止め、諭したり励ましたりできる。

だが、真葵の場合は違った。他人の口を借りて聞かされたからか、崖っぷちに追い詰められたような切実な響きを感じた。絶望に塗り潰された苦しみの吐露の前には、安易な励ましをためらわせるものがある。

真葵は瞳の動きで話したそうにした。八城看護師が透明文字盤を使った。

「……〝動けない私には自ら命を絶つこともできません。誰かが手を貸してくれないと死ねないんです〟」

ALSは進行性の難病だ。リルゾールなどで病気の進行を抑えるしかない。

呼吸機能が低下している場合、リルゾールは症状を悪化させる可能性がある。呼吸機能検査の結果、真葵には使用しない判断を下した。

「真葵さん」

高井は彼女の手を握り締めた。握り返してくることはなくても、想いは伝わることを期待して。

「生きることには意味があるんです。そのために僕らがいるんです」

彼女が見つめてくる。無言の哀訴だった。

「どうか希望を捨てないでください」

返ってくるのは無表情だった。表情筋が麻痺しているから当然とはいえ、想いが一切伝わっていないように感じ、たじろいだ。

反応がないことが、これほど不安を煽るものだとは思わなかった。

「〝ホスピスは苦痛がない人生を送らせてくれるんでしょう？　私にとってそれは死です。先生、お願いします、呼吸器を外してください〟」

八城看護師は読み上げながら、高井の目を真っすぐ見つめた。彼女の決断に対して先生なりの答えを出してください、と強いられているように思えた。

「みんな悲しみますよ」高井は言った。「あなたがそんな話をしたら、みんなも絶対に止めるでしょう」

真葵の眼球が揺れ動いた。

「〝分かっています。だから先生しかいません〟」

本気であることは明白で、重石《おもし》がずしりと両肩にのしかかってきた。

「〝お願いです。人工呼吸器を外してください。私はそれで死ぬことができます〟」

通訳を担っている八城看護師は、何かを言いたそうに口を開いたものの、出過ぎたまねを控えたのか、すぐ閉ざしてしまった。

「緩和ケアは死を遅らせることも、早めることも、しません」高井は小さく息を吐いた。「馬鹿なことを言わないでください。人工呼吸器を外すのは、殺人罪に問われかねない行為です」

感情に訴えることが不可能なら、〝現実〟の話をするしかない。高井はそこまで追い詰められていた。

「〝私は訴えません〟」

「そういう問題ではないんです。頼まれて命を奪えば嘱託《しょくたく》殺人罪になるんです。実際に裁判にもなっています」

二〇〇四年、ALSを患っていた四十歳の息子の将来を悲観した母親が、人工呼吸器のスイッチを切って死なせた事件があった。直後に自殺を試みた母親は一命を取り留め、殺人罪に問われた。

裁判所は、息子に懇願されたという主張を受け入れ、嘱託殺人罪を適用した。懲役三年、執行猶予五年の判決だ。

介護者がＡＬＳ患者の呼吸器を止める行為に司法判断が示されたのは、この件が初めてだった。

裁判長は、同じような病で苦しむ患者とその家族に与えた影響は大きい、と判決理由の中で指摘していた。その一方で、眼球の動きでしかコミュニケーションが取れない息子を四年間介護し、励ましていた苦労は認めている。

「〝私は後悔しています。なぜ人工呼吸器をつけてしまったのか。死を選択すればよかった〟」

ほとんど動かない表情でも悔恨は痛いほど伝わってくる。

「〝私は選択を誤ったせいで、何年もこのまま二十四時間介護が続くんですね〟」

ＡＬＳ患者には、実のところ、生と死を選択する機会が一度だけある。

人工呼吸器の装着時だ。

ＡＬＳ患者は二、三年で筋力が衰え、自発的に呼吸ができなくなる。そのとき、人工呼吸器を装着するかどうかの選択を迫られる。装着しないことを選べば、呼吸筋麻痺で窒息死する。だが、人工呼吸器をつければ、十年、二十年、延命できる。ただし、指一本自分では動かせない、真葵の表現を借りれば〝壊れた人形に魂だけ移されたような〟状態で。

体の自由を失っていく現実もまだ受け入れられないうちに、生か死か選択させられる苦しみ――。

人工呼吸器を一度装着してしまったら、もう外すことはできない。何年も続く絶望で患者本人がどれほど死にたいと願っても、外した人間は殺人罪に問われてしまう。その覚悟がなければ、楽にしてやることはできない。

実際、ALS患者の七割は人工呼吸器の装着を拒否し、死を選択している。不自由なまま十年、二十年と生きたくないのだ。

真葵の場合――半年前に人工呼吸器を選択した。まだ二十代半ばで、意識もはっきりしているのに、容易に死は選べない。

当時、どうしますか、と尋ねたとき、彼女は泣き顔で答えた。

「両親は私がチョイ役でも出演したら、ドラマを録画して何十回と観返したり、親戚に宣伝して一緒に盛り上がったり、私の活躍を本当に喜んでくれました。そんな両親が――母が涙をボロボロと流しながら言うんです。私たちを置いて死なないで、って」

そう語る彼女の顔は苦悩に満ちていた。

おそらく、彼女も彼女の両親も、未来のこんな姿まで想像して答えを出したわけではない。彼女は両親を想い、両親は娘の非現実的な死というものを否定した。

ALSの難しいところだと思う。呼吸機能に麻痺が現れる前は、解けない金縛りのようなもので、がんと違って死を実感するほどの肉体的な苦痛は少ない。そんな状態で、数ヵ月後には自発的に呼吸ができなくなります、人工呼吸器で生きますか、呼吸筋麻痺で窒息死しますか、と問われ、死を選択するのは難しい。

死にたくないと望んで何が悪い？

「そのご両親も悲しみますよ」高井は言った。「子に先立たれたときの悲嘆は想像を絶するものです」

真葵が八城看護師の文字盤で答えた。

「〝生きてほしいと本気で思っていたら、施設に放り込んだままでいますか？〟」

その問いは胸をえぐった。

彼女は家族の態度でプレッシャーを感じているのか。二十四時間介護が必要な自分が周りの人々の重荷になっている、という罪悪感は、ＡＬＳ患者が抱きがちな感情だ。

「〝生きているかぎり、私は家族のお金を消費し続けるんです。働いて収入を得ることもできません〟」

ＡＬＳは特定疾患に指定されているため、特定疾患医療費助成や高額療養費の還付制度、障害者医療費助成制度、生命保険の入院給付金などが受けられるが、介護のために家財を売り払ったり、生活が破綻してしまう家族も少なくない。

「〝私が家に戻りたいと言ったら、両親は返事に困りました。本心では苦労したくないんです。死んではほしくないけど、面倒もみたくないんです〟」

真葵の両親――か。

見舞いの回数が日増しに減っているので、「もう少し顔を見に来てあげられませんか」とお願いしたことがあった。母親と父親は顔を見合わせ、言いにくそうに答えた。

「……私たちにも生活があるんです」

少し冷淡に聞こえたことを覚えている。だが、患者の家族の事情までは踏み込めず、「真葵さんも寂しがっていると思いますので……」と伝えるしかなかった。

真葵の苦悩の根源に少し触れられた気がする。

十年、二十年と施設に閉じ込められると思ったら、希望も意欲も湧いてこなくなるだろう。

ホスピスが患者の救いにならないとすれば、自分たちの存在意義が揺らいでしまう。彼女の両親に在宅介護の提案もしてみるべきかもしれない。

「ご家族の方も含めて、一度、お話ししてみましょう」

真葵は眼球の動きでまた声を伝えた。

「〝前の先生は安楽死を約束してくれたのに〟」

2

高井は心臓を直接殴られたような衝撃を受けた。

前の先生――。

誰の話をしているのか分かった。

「〝あなたが本当に耐えられなくなったら私が外してあげますから、それまでは生きてみませんか、って。私もそれを救いにして今まで生きてきたんです。それなのにその先生は逮捕されてしまいました〟」

高井は言葉を返せなかった。

神崎医師の顔が脳裏に浮かび上がる。彼は天心病院では今やタブーとして扱われていた。

神崎医師はこの病院で三人の患者を安楽死させ、現在、殺人罪で裁かれている。逮捕された当時は病院も警察の家宅捜索を受け、マスコミだけではなく野次馬も押しかけてきた。入院している患者たちにずいぶん迷惑をかけたと思う。

まさか神崎医師が真葵も安楽死させようとしていたとは、思いもしなかった。

逮捕が遅ければ、四人目の犠牲者が出るところだった。

いんです」

「彼がしたことは間違っています」高井は言った。「医者が人の命を奪ってはいけな

真葵が目で訴え、八城看護師が透明文字盤を使った。文字に視線を合わせて言いたいことを読み取っていく。

「〝神崎先生は患者を救ったんです〟」彼女は躊躇《ちゅうちょ》してから、感情を込めずに付け足した。「〝でも、私は救われませんでした〟」

過去形で語られた一言が胸に突き刺さった。

――余命わずかな患者にも態度を変えずに親身になれる高井君の真面目さに惹かれたんだよ。

天心病院に誘われたときの神崎医師の言葉だ。

患者を助けたくて医師になったのに、死が前提のホスピスに勤務先を変えるには迷いもあった。だが、医師や看護師が不足しており、まだまだホスピスの重要性が認識されていない、という話を聞き、彼の理念も知るうち、苦痛の少ない最期を迎えさせてあげるのも患者を救うことになる、と考えるようになった。

神崎医師のことは尊敬していた。だが、彼の行為は間違っている、と断言できる。

しかし――。

実際に安楽死を望む患者の懇願を聞くと、胸をえぐられるような痛みに襲われる。

それは悲痛な叫びに同情しているからか、医師としての無力さに打ちのめされているからか。

彼女は、安楽死を約束してくれた神崎医師が逮捕され、今も懇願が断られたことで〝救われること〟をもう諦めてしまっている。

「……あなたには、あなたが生き続けることを望んでいる家族がいるじゃないですか。あなたが死を望んだら、家族は悲しみますよ。人工呼吸器さえ装着していれば、生きられるんです」

我ながら卑怯な説得の仕方だと思う。苦しんでいる患者に対し、周りの人間たちが悲しむからそのまま我慢して苦しみ続けてほしい、と言っているに等しいのだから。

だが、死を切望する患者にそれを思いとどまらせる〝何か〟が他にあるだろうか。

三十七歳の――まだ医師としての経験が浅い自分は、説得の言葉を持たない。

真葵はじっと高井を見つめ続けた。指摘するまでもない論理と倫理の欺瞞《ぎまん》を非難するかのように。

一刻も早くこの場から逃げ出したかった。彼女の懇願が呪詛となって纏わりついてきて、自分自身を蝕んでいくような、そんな不安感に息苦しくなる。

やがて、また真葵が透明文字盤を介して声を伝えた。

「〝情が入り込む家族には私の本当の気持ちは分かりません。理解してくれません。

それが分かっているから先生にお願いしています〟」

　末期がん患者ならば、激痛に泣き叫び、のた打ち回る姿を家族も目の当たりにし、もう苦しみから解放してやってほしい、と考えるようになるのも理解できる。

　だが、ALS患者は家族が目を背けたくなるほどの激痛はなく――症状の進行中に関節や筋肉に痛みが発生したりはする――、人工呼吸器で辛うじて生かされている意識不明の患者とも違って意識はあるし、文字盤などを使って意思疎通も可能で、明確に生きている。それなのに、本人が望む死に賛同できる家族が一体どれほどいるだろう。

　ALS患者の最大のつらさは、痛みではなく、〝できないこと〟への苦しみだ。

　手足が動かせない。

　呼吸ができない。

　声が出せない。

　たとえ激痛がなくても――いや、激痛がないからこそ、意識もはっきりしているのに指一本動かせない自分の体に絶望するのだろう。当事者ではないから、本当の意味で理解することは難しいかもしれないが、苦しみを想像することはできる。

　しかし、医師の立場としては、断じて安楽死に賛成することはできない。

　なぜなら――。

神崎医師の安楽死を告発した自分を否定することになってしまう。

「僕が神崎先生を止めたんです」

――今のあなたの唯一の希望であった神崎医師を。

隠していては、彼女の信頼は決して得られず、説得もできない。

たった一言で伝わったらしく、反応らしい反応がなくても真葵が衝撃を受けたのが分かった。人工呼吸器を装着していなければ、息を呑む姿を目にしただろう。

「ですから、僕はあなたの命を奪うことはできません。医師は人の命を取捨選択する神ではないんです」

医師として当然の倫理だと思っている。

だが、真葵は引き下がらなかった。真葵が何かを訴えたそうに眼球を動かし、八城看護師が透明文字盤を使った。

「〝病気で死にそうな患者を救うのも、命の取捨選択ではないんですか。命に関与しているんですから〟」

論破するためではなく、答えを欲して向けられる問いには切実な感情が籠っている。

「命を救うことが医師の使命です。それは取捨選択とは違います」

「〝命を救えば必ず患者を救えるんですか〟」

「……僕はそう信じています」

「〝だから神崎先生を告発したんですか〟」

「ホスピスの中で医師が何人も患者を安楽死させているなんて、大変なことです。知ってしまった以上、見過ごせません」

「〝神崎先生は救いでした。先生がいなくなって、私は後何年、生かされなきゃいけないんですか〟」

　感情や本能に従って〝生〟を選択したものの、他人の手を借りねば何もできない現実の前に絶望していた彼女にとって、神崎医師が唯一の救いになっていたのか。

「……逆に考えてみてください。彼がいなくなったからこそ、何年も生きられるんです。生きているうちに何か生き甲《が》斐《い》を見つけられたりするものですよ」

　真葵を納得させられる言葉はなく、結局、綺麗事の励ましで誤魔化すしかなかった。

　部屋を出ると、高井は八城看護師に忠告した。

「情に流されて誤らないでくださいね」

　患者と最も長く接するのは担当看護師だ。真葵に懇願され続けたら、つい衝動的に

——という可能性もある。

八城看護師は、もちろんです、というようにうなずいた。その眼差しに揺らぎはなかった。

彼女なら心配ないと確信できた。

神崎医師の〝凶行〟を疑ったとき、証拠が必要で、塩化カリウムの保管記録などの物証を入手してくれたのが八城看護師だった。その彼女が愚かなまねはしないだろう。

「……カウンセリングは怠らずにお願いします」

「はい。先生に伝えておきます」

臨床心理士《カウンセラー》のケアが不充分なのではないか。緩和ケアでは精神面のサポートも重要だというのに——。

高井は八城看護師を連れ、担当の患者たちの病室を訪ねて病状を診て回った。

真葵の問いはずっと頭から離れなかった。

3

見慣れない見舞い客の姿を目にしたのは、彼女に安楽死を乞われてから二日後の昼だった。八城看護師と共に真葵の病室へ足を運ぶと、ベッドのそばの丸椅子にサングラスの中年男が座っていた。もじゃもじゃの黒髪で、額は後退気味だ。唇を隠すように口髭《くちひげ》が覆っている。

「どうも、先生」

中年男は丸椅子に座ったまま、軽く会釈をした。

高井は挨拶を返した後、真葵に調子を聞いた。軽く起こしてある電動ベッドに横たわっている。

八城看護師が透明文字盤を使った。

「〝変わりません〟」

「そうですか。何よりです」

「……〝これからもずっと〟」

付け加えられた一言の真意には気づかないふりをし、高井は黙ってうなずくに留めた。

「先生」中年男性が立ち上がった。「真葵は——苦しんでいます。何とかしてやれませんか」

「あなたは？」

「失礼。映画監督の佐々田《ささだ》和彦《かずひこ》です」

「担当医の高井です。もちろん、苦痛緩和のために僕らはできるかぎりのことをしています」

「そう願います」佐々田は唇の端をわずかに歪め、真葵に視線を向けた。「私はね、彼女の才能に期待していたんですよ。真葵が出演した作品、観たことはありますか？」

「……すみません、テレビや映画はあまり観ないもので」

気まずい空気を作らないためには、そう答えるのが一番だと考えた。実際はテレビも映画も観る。

「私が真葵の才能に出会ったのは、小さな劇場の舞台でした。彼女は無名の舞台女優で、しかし、一際輝いていました。私自身、作った作品が評判にならず、思い悩んでいて、ぶらりと足を踏み入れた劇場だったので、運命的な出会いだと思いました。幕が下りると、控室に駆けつけました。我ながら強引だったと思います」

佐々田は苦笑いし、丸椅子に腰を下ろした。真葵を見つめているのに、その眼差しは遠い過去を見ていた。

「彼女となら素晴らしい作品が作れると思いました。彼女の才能に惚れ込んで、必死で説得しましたよ、それはもう。私は日本を代表するような有名監督ではないので、熱意を信じてもらうしかありませんでした。とにかく必死で口説き落として、彼女を主演にした映画を撮りました」

八城看護師が興味いっぱいの顔で「どんな作品なんですか？」と訊いた。

佐々田は天井を振り仰ぐと、重々しい息を吐いた。髪を掻き毟《むし》る。

「何かまずいこと、訊いてしまいました？」

八城看護師が不安そうに声をかけた。

佐々田は顔を戻すと、「いや」と小さくかぶりを振った。ためらいがちに口を開く。

「『終《つい》の愛』というタイトルで、余命宣告された女性が過去を順にたどりながら、一つずつ関係を清算していって、最後は最愛の人間に看取られながら自ら命を絶つ——。そんなヒューマンドラマでした」

なるほど、彼が答えるのに躊躇した理由が分かった。彼女の現状と重なりすぎている。

「そこそこ客も入って、注目されたんですが、業界からは黙殺されました。手厳しい批評もありました。私たちは次の作品で見返してやろう、あっと言わせてやろう、と。そんな矢先の出来事で、運命を呪います。神はなんと残酷なのか……」

佐々田は歯を嚙み締め、鼻から息を抜いた。額と鼻頭に横皺が刻まれる。

「新倉真葵という女優の輝きをもっと世間に知らしめたかった。それが心残りで……」

あまりにも強い悔恨と悲嘆――。

聞いているだけで飲み込まれそうだった。第三者でこれほどなら、当事者である真葵はどうなのか。

彼の存在が真葵に良い影響を与えるかどうか、分からなかった。病気を受け入れて前向きに生きようとするのではなく、過去に囚われて後悔ばかりしていたら――できないことばかり考えていたら、未来に希望は見出せない。

人工呼吸器を装着したALS患者は、人それぞれ生きる目的や意味を見つけ、できないことではなく、できることを大事にしている。

佐々田は真葵を過去に引き戻しているのではないか。

だが、彼女にとって大切な存在であれば、見舞いを遠慮させることはできない。

佐々田は真葵の手をぎゅっと握り締めた。

「無念だよなあ、真葵……」

真葵は無表情で前方を睨み続けている。表情筋が衰えているせいで顔に感情が表れない。

「お前の才能を黙殺した連中を見返したかったよなあ……」

佐々田が語りかけるのは後悔だけだった。患者に何をどう話すべきか正解はないものの、彼の接し方が正しいとはどうしても思えなかった。

真葵がまた安楽死願望に取り憑《つ》かれたらどうする。

「そうそう。真葵のお気に入りだったアンティーク時計、もう撮影に使わないから持ってきたんだ」

佐々田は鞄から小箱を出すと、蓋を開け、中から古めかしい置時計を取り出した。ヨーロッパの聖堂を模した形状になっている。ベッドサイドテーブルに置いた。八城看護師が真葵に「そろそろおトイレに行きましょうか」と尋ね、佐々田をちらっと見やった。それで充分だったらしく、彼は「じゃあ、私はそろそろ……」と腰を上げた。

彼が部屋を出ていくと、八城看護師は高井を見てうなずいてみせた。

それで分かった。どうやら彼女も同じ危惧を抱いていたらしい。角が立たないように話を終えさせたのだ。

「では、よろしくお願いします」

高井は八城看護師に言葉をかけ、部屋を後にした。トイレを使えるとはいえ、排泄《はいせつ》介助の際に異性が居合わせたら落ち着かないだろう。

廊下に出ると、呼吸を長く忘れていたような気になり、思わず天井を仰いで深呼吸した。

病気は現実を受け入れることからはじまる。せっかく本人が受け入れても、周りが受け入れていなければ、精神的な安定は得られない。病気は本人だけの問題ではなく、家族や友人知人、関わる全員に影響する問題だ。本人同様、簡単には割り切れない。

ホスピスでは患者の家族もケアの対象としているが、仕事の関係者との付き合いまでは踏み込めない。佐々田の存在が彼女のケアを台なしにしなければいいが——。

4

受付の前を通ったとき、病院の出入り口前に立っている二つの人影が目に入った。

高井は首を傾げながら、ガラス扉を見た。見知った二人組——真葵の両親だった。

母親が取っ手に手を伸ばしては引っ込め、伸ばしては引っ込め——している。

久しぶりに娘の見舞いに来たのだ。

——私たちにも生活があるんです。

冷淡にも聞こえた、突き放すような母親の台詞が耳に蘇る。

引き返されては困ると思い、高井は足早に出入り口へ向かうと、ガラスごしに会釈した。

母親がはっと目を見開き、困惑を見せた。バツが悪いのか、視線をさ迷わせる。

ガラス扉を開けたのは父親だった。「ほら」と母親の背を軽く押すようにする。そうして両親が病院内に足を踏み入れた。恐縮したような、どこか居心地悪そうな表情をしている。

「真葵さんのお見舞いに来てくださったんですね」高井は先んじて言った。「真葵さんも寂しがっていましたし、喜ぶと思います」

父親が乾いた笑いを漏らした。そこには自嘲が籠っているように思えた。

母親が後ろめたさを含んだ口調で訊いた。

「真葵の様子は——どうですか？」

高井は小さくうなずいてから答えた。

「どうぞ、顔を見て差し上げてください」

「それは——」

母親が口ごもった。

「真葵さんもご両親に会いたがっていますし」

「……真葵に変わりがないなら、私たちはまた、日を改めまして——」

「せっかく来られたんですし、会っていかれては？」

「いえ——」

母親は父親と顔を見合わせた。目配せの中に同意を見た。二人共、娘に会うつもりはないのだ。

「あのう……」母親が頭を下げた。「先生、どうか娘をよろしくお願いします」

これ以上引き止めることはできなかった。

結局、両親は真葵の顔を見ることなく、病院を後にした。


佐々田が見舞いに来ているという情報を受付の女性スタッフから聞いたのは、昼過ぎのことだった。

高井は八城看護師と共に病室へ向かった。ノックし、ドアを開ける。

丸椅子に腰掛けた佐々田が真葵に話しかけていた。振り返って小さく頭を下げる。

「何を話されていたんですか？」

八城看護師がほほ笑みを浮かべたまま、純粋な興味のように尋ねた。

本心を見せないが、八城看護師は佐々田の存在を不安視している。先週、彼に初めて会った後、彼女には真葵の心理面の心配を伝えてある。

「撮れなくなった映画の話とか……まあ、色々です」

結局、できなくなったこと――か。

「監督さんは真葵さんとコミュニケーションが取れるんですか？」

八城看護師が訊く。

「大抵は私が喋って、彼女が眼球の動きで『イエス』『ノー』を答える形ですけどね」佐々田は八城看護師の透明文字盤を見た。「それを使ったら、一言を理解するのに看護師さんの五倍はかかるので」

透明文字盤を使えないと、〝会話〟ではなく、一方的な喋りになってしまう。本人の意志や感情を無視して考えを押しつけることになる。

高井は真葵に体調を確認した。八城看護師が透明文字盤で真葵の返事を聞く。

「〝もううんざり〟」八城看護師は文字を読み取った後、優しい声音で「何がうんざりなの？」と尋ねた。

真葵がまた瞳で文字を見ていく。

「……〝毎日同じ質問をされても、答えは変わらないのに。今日も普通に生きてます。ただ体が自由に動かせないだけ〟」

佐々田がため息をついた。

「彼女の表情には、観る者の心を作品にスッと入り込ませる魅力がありました。ちょっとした仕草で感情を伝えたり――。それなのにもう何も表現できなくなりました」

無念の感情を嚙み締める様は、まるで真葵の心情を代わりに表現しているようでもあった。

「真葵はそれがつらくて苦しいんです」佐々田は真葵を見つめ、同意を求めるように

「な？」と言った。

真葵の眼球が右側へ動いた。

「『イエス』ってことです」佐々田は憐れむように言った。「まだまだ演技、したかったよなあ」

彼女の眼球がまた右へ動く。

彼はこんな調子で彼女にネガティブな感情を押し、つ、け、て、いるのか。

「彼女は安楽死を望んでいます。人工呼吸器を外してやってくれませんか」

心臓に杭を打ち込まれたような衝撃だった。どくん、と一際大きく脈打つ。

第三者から安楽死を乞われるとは思いもしなかった。不意打ちだった。

「な、何を馬鹿なことを――」

反射的に口走り、高井は失言に気づいた。医師として安楽死を認めることはできなくても、患者本人の気持ちまでは否定してはいけない。

高井は、ふう、と息を吐いた。

「何もできない残りの人生に何の意味があるんです？」

佐々田は問うた。

「何も――という表現には語弊があります。映画やドラマを楽しむこともできますし、車椅子で外出もできます」

何年も生きていれば、もしかしたら画期的な治療法が発見される可能性もゼロではない。

過度な期待を抱かせてしまわないよう、口にはしないが、生きる意味がないとは思わない。

現時点でも、介護者の手を借りずに目の動きだけで文字を読み取り、合成音声で発声してくれるデジタル文字盤なども商品化されている。このホスピスでは導入していないが、彼女のＱＯＬ《クオリティ・オブ・ライフ》を向上させられるなら、使用を検討してみるべきかもしれない。

「真葵は女優ですよ。視聴者ではないんです」

「……おっしゃることは分かりますが、しかし、人は誰しも状況の中で不自由と自由があるものです。スポーツ選手が怪我をしたら、その状態でできることをしますよね。病気も同じなんです。できないことに苦しむのは当然ですが、できることにも目を向けてほしい。僕はそう思っています」

「ある日突然、未来を全て失ったとき——当たり前のように楽しんでいた全てを失ったとき、それらを諦めて残されたわずかな何かを代替にして生きていってほしい、と言われて割り切れますか？」

真葵が瞳を動かし、喋りたい気配を見せた。八城看護師が透明文字盤を使う。

「〝ごめんなさい。今の私にできることが何かあったとしても、それをしたいと思えない。ただ苦しいんです〟」

真葵の苦悩が胸に迫る。

割り切れないからといって罪深いわけではないし、前向きに生きている患者たちを侮辱しているわけでもないが、悲観的になってしまう者は自分を責めがちだ。

自分はなぜ前向きになれないのか――と。

安楽死の懇願に対し、どう説得すればいいのか。そもそも、それは説得すべきものなのか。

神崎医師はこのような患者の懇願に屈し、止むに止まれず安楽死という罪を犯したのか。

自分なら――何か答えは出せるのか。

「真葵には演技が人生なんです」佐々田が頭を下げた。「演技ができないなら、彼女の望みを叶えてやってください」

高井は露骨にため息を漏らしそうになった。

彼女の安楽死願望は、佐々田が植えつけたのではないか。もちろん、悪意ではないだろう。だが、〝失ったもの〟を何とか受け入れようとしているときに、その大きさを思い出させるような発言を繰り返されたら、誰でも死にたくなる。

高井は八城看護師に目配せし、穏便に佐々田に帰ってもらった。

真葵の体調を気遣いながら、診察した。彼女にかけるべき言葉を見つけられず、事務的になってしまった。

嘆息混じりに一歩後退したとき、尻に何かがぶつかり、重たげに倒れる音がした。

振り返ると、ベッドサイドテーブルのアンティーク置時計が横たわっていた。

贈り物を壊していなければいいが――。

高井は置時計を取り上げ、破損していないかためつすがめつした。文字盤の一部が蛍光灯の光を受け、きらりと反射した。

――え？

戸惑いながらその部分を注視すると、『6』の字の中にカメラのレンズが光っていた。

5

盗撮――。
高井はアンティーク置時計の文字盤に隠されたレンズを見つめ、緊張と共に唾《つば》を飲み込んだ。

レンズが向いている角度を考えると、真葵の上半身がはっきり映り込んでいるだろう。

彼女が介助されて着替えるシーンも撮られているのではないか。

まさかホスピス内で盗撮事件に遭遇するとは——。

「八城さん」高井は彼女に声をかけ、出入り口のドアを顎で示した。「ちょっと……」

八城看護師は怪訝《けげん》な顔つきで首を傾げた。

高井は置時計を手に取り、彼女と共に病室を出た。深呼吸し、レンズを指差した。

「これを見てください」

八城看護師は上半身を少し屈め、置時計の文字盤を見つめた。そして——「あっ」と声を上げる。

高井は黙ってうなずいた。

「佐々田さんが——？」

「彼が持参したんだから、そうでしょうね」

盗撮犯は佐々田だ。何のためにこんなことをしたのか。ネットにでも流して小遣い稼ぎを目論んだのか、それとも——。

「先生、どうされるんですか？」

高井は唇を噛み、うなった。

「……通報するしかないでしょう」

「ですが、大事にするのは……」

「これは犯罪です」

「もちろん分かっています。私も女性としてこんな卑劣な犯罪は許せません。ですが、警察沙汰《ざた》になったら、彼女のことも面白おかしく報道されてしまうかもしれません。マスコミがどれほど被害者のプライバシーに踏み込んでくるか、先生もご存じでしょう？」

高井ははっとし、言葉を失った。

「安楽死事件で注目されているホスピスで今度は盗撮事件が起きて、しかも被害者が元女優で、犯人が映画監督なんて——。ワイドショーが扇情的に取り上げないはずがありません」

神崎医師が起こした安楽死事件が報じられたとき、記者たちは天心病院の関係者は当然ながら、入院中の患者やその家族にまでマイクを向けた。

『ご家族がもし安楽死させられたらどう思いますか』

記者の中にはそんな質問をぶつけた者もいたという。

「……分かりました。真葵さんに余計な負担を与えないようにしましょう」

知らなければ、ショックを受けずにすむ。傷つかずにすむ。

「しかし、放置はしません」高井は言った。「佐々田さんには僕が話します」

佐々田が見舞いに現れたとの報告を受けたのは、二日後だった。

高井はノックし、真葵の病室に入った。困惑顔の佐々田が室内を見回していた。

「どうかしましたか？」

声をかけると、彼は「いや……」と後頭部を掻いた。「置時計が……」

高井は息を吐いた。

「ちょっと二人でお話しできますか」

佐々田の顔に緊張が表れた。声色で察しただろう。今、サングラスの奥の目は泳いでいるのではないか。

高井は彼を連れて病室を出ると、自分の診察室に向かった。

「座ってお待ちください」

高井は佐々田を残して医師控室に行き、ロッカーに保管しておいた置時計を取り出し、戻った。彼と向き合うようにして対面に座る。

佐々田は真意を探るような眼差しで、じっと目を見つめてきた。

焦らす意味もなく、単刀直入に切り出すことにした。

高井は置時計を胸の前に掲げた。

「……僕がなぜこれを病室から持ち出したか、お分かりですよね」

佐々田の額に横皺が刻まれた。緊張を隠すように、下唇を舐める。

「犯罪ですよ、盗撮は」

佐々田は唇を歪めた。

「まさか、警察に――」

「いいえ」高井は小さくかぶりを振った。「まだです。その前にまず直接お話しすべきだと思いました」

通報の可能性を仄めかせておくほうがプレッシャーになるだろう。

佐々田は安堵するように、息を吐いた。強張《こわば》った両肩から力が抜けたのが見て取れる。

「なぜ盗撮を?」

問い詰めると、佐々田は自分の手元に視線を落とした。サングラスの上の隙間から、伏せられているまぶたが覗く。

「彼女はあなたを信じていたのではありませんか。こんな形で裏切られていたと知ったらどれほど傷つくか……」

佐々田は、うなだれたままの姿勢で彫像になっていた。膝の上で拳を握り締めている。

「……私が撮影していたことは事実です」

「揚げ足を取るつもりはありませんが、正しくは〝撮影〟ではなく、〝盗撮〟ですよね」

「……違います。撮影です」

「一般的に許可なく撮影することを盗撮と――」反論しようとした自分の台詞ではたと気づいた。「まさか、真葵さん本人も承知しているんですか……？」

佐々田は顔を上げ、小さく――しかし、はっきりとうなずいた。

「……信じられません。彼女と文字盤で会話したら、事実かどうか分かるんですよ？」

「もちろんです」

悪足《わるあ》掻《が》きの言い逃れとしか思えなかった。論理的に考えて、彼女の同意があったという話には無理がある。

高井はアンティークの置時計をひっくり返し、文字盤を見た。『6』の真ん中に仕込まれたカメラのレンズを改めて確認する。

「見事に偽装された盗撮カメラですね。市販されている盗撮グッズなのか、あなたの自作かは分かりませんが、本当に真葵さんが撮影に同意していたなら、こんな隠しカメラを設置する必要はないでしょう？」

それこそ彼の言い分の最大の矛盾点だった。

サングラスごしには目が合わないにもかかわらず、佐々田は視線を診察室の隅に逃がした。

「違いますか？」

重ねて追及すると、彼は顔を上げ、何かを言いたそうに口を開いた。だが、何も言わずにまたうつむいた。

真葵本人に事実関係を確認したら、結局、盗撮被害を教えることになってしまう。

「本当は真葵さんは知らないんでしょう？　僕が警察沙汰にしなかったのは、ただただ彼女の精神面を心配したからです。本来なら逮捕される犯罪ですよ」

佐々田は下唇を嚙み、黙り込んでいる。

「……すみません」

消え入りそうなつぶやきだった。

「盗撮を認めるんですね？」

「たしかにある一面から見れば、盗撮のそしりを受けるのも仕方がありません。しかし、真葵が撮影のことを知っていたのは事実です」

呆れてため息が漏れそうになる。

「まだ主張するんですか。彼女が知っていたなら、わざわざ隠しカメラなんて使わないでしょう」

佐々田は高井の顔を真っすぐ見つめた。

「……隠しカメラを使ったのには理由があります。あ、な、た、方、に、撮、影、を、気、づ、か、れ、な、い、た、め、で、す」

言葉の意味は頭の中を素通りした。

「僕らに――？」

聞き返すと、佐々田は観念した顔つきでうなずいた。そのまま口をつぐむ。

「どういうことですか」

彼は覚悟を決めるように一息ついた。

「……真葵の希望だったんです」

「希望？」

「はい。〝私が安楽死するまでを記録してほしい〟と」

6

衝撃が頭の中を駆け抜けた。
安楽死の記録――。

「まさか、そんな……」

啞然《あぜん》とするしかなかった。

「本当です」佐々田は理解を示すようにうなずいた。「安楽死のドキュメンタリーの撮影――。それが真葵の希望でした。安楽死が許されない日本社会に一石を投じるための映像を――と」

「最初からそのつもりで安楽死を――？」

「違います、違います。誤解しないでください。彼女にとっては、それが病気になっ、い、いた意味だったんです。生きた証を映像の中に残したい、という気持ちは、演技する者なら誰しも持ってるものです。でも、寝たきりの彼女にはもうそれは無理です。だからこそ、病気になった自分だからこそ遺せる映像を――と。そう考えたんです」

衝撃と共に、背筋に冷たいものが走った。

自分が知らぬ間に安楽死に利用されそうになっていた事実――。

「……佐々田さん、安楽死は美談ではありませんよ」

佐々田はまた視線を落とした。後ろめたさを隠すように、目を逸らした。

「……意味があるドキュメンタリーです。私は彼女の生きた証を撮りたかったんです」

彼の発言を聞き、戦慄に貫かれた。

真葵の絶望を深め、死に導くような佐々田の発言の数々は、ドキュメンタリー撮影のための誘導だったのではないか。センセーショナルな美談に仕立て上げるには、彼女が安楽死を決意し、担当医も説得しなければならない。

彼女の後悔を煽るような発言は、彼が無神経だったわけではなく、意図的な誘導だった——。

そう考えれば腑《ふ》に落ちる。落ちてしまう。

佐々田は本当に真葵のことを考えていたのか。実は真葵の死を利用して作品を作りたかっただけではないか。女優が安楽死するドキュメンタリーは、間違いなく大きな話題になるだろう。

「彼女と話をします」

高井はそう言うと、立ち上がった。佐々田を伴って歩き、八城看護師に声をかけて事情を説明した。彼女も驚いていた。

三人で真葵の病室に入った。八城看護師が電動ベッドの角度を変え、彼女の上半身を起こした。

「……佐々田さんから撮影のことを聞きました」

高井は慎重に切り出した。

人工呼吸器で生きている真葵は、ただ前方を睨んでいるだけだ。表情が変わらないため、感情が窺い知れない。

八城看護師が透明文字盤を掲げ、視線で文字を読み取っていく。

「〝隠し撮りをしてしまって、すみませんでした〟」

八城看護師の口を通して真葵の発言を聞き、彼女も置時計による撮影のことは本当に知っていたのだ、と分かった。佐々田の言い逃れや作り話ではなかったのだ。

「すまん」佐々田が彼女に言った。「隠しカメラのことを知られて、全てを話すしかなかった」

高井は真葵の眼差しを真っすぐ見返した。彼女が八城看護師を介して声を伝える。

「〝私の希望だったんです。それが私に遺せる唯一の、最期の作品だから〟」

本人の声ではないから、覚悟や真剣さ――あるいは恐怖や不安や後悔という感情は何一つ伝わってこない。

真葵はどこまで本気なのだろう。

「あなたは〝作品〟のために安楽死を望んでいるんですか?」

「〝いいえ〟」

「自分の中で本音が分からなくなっていませんか? 僕は、引っ込みがつかなくなっているのではないか、と危惧しています」

真葵は表情も作れず、喋れない。心の奥底の本音を感じ取りたくても、難しい。

「あるいは――」高井は佐々田を睨みつけた。「あなたが作品のために彼女に安楽死願望を植えつけたか」

「……私が押しつけたわけではありません」

「そうでしょうか？」

「もちろんです」

「しかし、それでは解《げ》せないことがあるんです」

佐々田から隠し撮りの真意を聞いたときから、心の奥底で漠然と引っかかっていたことだった。

「佐々田さんは神崎医師の安楽死事件、ご存じですか？　このホスピスで三件の安楽死が行われました。大きなニュースになったので、知らないはずがありません」

「……知っていますが、それが何か？」

「安楽死を行ったのは神崎医師だけで、独断でした。他のホスピス関係者は彼の行為を否定しています。僕もそうです。僕は神崎医師の安楽死の証拠を摑んで、告発したんです」

佐々田は眉をピクッと動かした。

「そのことは真葵さんに話しました。彼女が安楽死を望んだとき、僕が協力するはずがない理由を説明して、説得したかったからです。つまり、彼女は僕に安楽死の手伝いをさせることは無理だと知っていたはずです」

「何が——おっしゃりたいんですか」

「佐々田さんが置時計を置いて行ったのは、僕が彼女にその話をした後です。僕を説得して安楽死することは不可能だと分かっている彼女が、あなたに隠し撮りを頼むはずがありません」

　佐々田は唇を囲む髭を手のひらで撫でた。

「つまり、安楽死の撮影はあなたが主導で計画したはずです。彼女の意志ではなく。どうですか。違いますか」

　緊張が張り詰める間があった。

　彼はサングラスを外し、胸ポケットに引っかけた。黒い瞳には真摯《しんし》な光があった。

「半分は間違っています」

「どこが間違いなんですか」

「……先生が同僚医師の安楽死を告発したことは、真葵から聞いて知っていました」

「知っていた？　だったら僕が安楽死に協力するはずがないことは、想像できたでしょう？　僕が真葵さんに説得されると思ったんですか」

　佐々田は、ふっと息を抜いた。高井から真葵に視線を移し、思いやりに満ちた眼差しを注いだ。

「逆なんです」

彼がぽつりと言った。

「逆？」

「真葵が高井先生を説得することではなく、高井先生が真葵を説得することを期待したんです」

未知の言語を聞かされたように、意味の理解が遅れた。

「僕が彼女を説得——？」

佐々田は観念したようにうなずいた。

「そうです。私は先生に真葵の安楽死を止めてほしかったんです」

「いや、だってあなたは……安楽死のドキュメンタリーを撮影しようとしていたのでは？」

「先生がおっしゃったように、撮影を提案したのは私です。しかし、それは真葵の安楽死の決意が変わらなかったからです。このままだと、彼女が見舞客たちに死の願望を伝え、哀願し、説得に負けた誰かが人工呼吸器を外してしまうのではないか、と危惧しました。だから協力するふりをして、担当医による安楽死の隠し撮りを提案しました。安楽死を告発した先生なら、決して実行するはずがないと思いましたし、真葵を説得してくれることを期待しました」

真葵が何かを言いたそうにしているのが雰囲気で分かった。高井は八城看護師に会話の介助を頼んだ。彼女が透明文字盤を使って真葵の声なき声を聞いた。

「〝監督は私の味方でしょ〟」

八城看護師が彼女の台詞を口にすると、佐々田は真葵をじっと見返した。

「……もちろんだ。だからこそ、君には死んでほしくなかった」

「〝私は終わりにしたいんです〟」

「真葵の苦しみは分かる。……分かるなんて言ったら、怒られるかな。理解はしているつもりだ」

「〝私を裏切ったんですか〟」

「裏切ったつもりはないよ。真葵が生きる意志を取り戻してくれたら、裏切りにはならない」

八城看護師が透明文字盤を掲げても、もう真葵は視線を動かそうとはしなかった。

佐々田は向き直り、苦しみが滴《したた》るような顔を見せた。

「先生。あなたは安楽死は美談ではないと言いました。私もそう思います」

高井は眉根を寄せた。

「私は『終の愛』には納得していないんです」

真葵主演で撮影した彼の映画のタイトルだと思い出すまで、数秒を要した。

物語はたしか――。

余命宣告された女性が順に過去をたどり、関係を清算していき、最後は最愛の人間に看取られながら自ら命を絶つ――。

佐々田は粗筋をそう語った。

「……私は社会的な作品を撮ったつもりでした。しかし、今思うと、心の中にあったのは世間受けでした。SNSでバズる発言を見れば分かるように、心にもない綺麗事や社会批判でも、大勢が聞きたいことを言ってやるだけで簡単に注目を集められます。番組も映画もそうなんです。誰かの死は心を摑みます。だからこそ、『終の愛』では最期にヒロインに命を絶たせました。結局、そういう打算が作品を二流に留めたのかもしれません」

高井は小さくうなずいた。

「私はそれを悔やんでいます。だから、新作ではもっと力強い物語にしよう、と思っていたんです。そこで主演の真葵の病気が分かって……でも、作品を諦めたわけではないんです。フィクションではなく、ドキュメンタリーを撮ろう、と。今度は彼女が生きる結末にしたい――。私はそう思っています」

ドキュメンタリーという〝作品〟の話をしているものの、佐々田が真葵を思いやり、才能に惚れ込んだ彼女に生きてほしがっていることは口ぶりと表情から伝わってきた。

佐々田は真葵に視線を移した。

「私は真葵の死にざまじゃなく、生きざまを残したいと思っている。無責任に外から、誰かのために苦しみに耐えてくれ、とは言えないし、言いたくない。だが、あえて綺麗事を言えば、真葵が生きる姿は、同じ病気で苦しんでいる人たちに勇気を与える」

佐々田を誤解していた。

安楽死のドキュメンタリー撮影の話を聞いたとき、真葵の後悔を強めるようなそれまでの発言の数々は、彼女を死に追い込んでいるのだと思っていた。だが、それは彼を悪意で見た偏見だった。

彼は真葵の病気を自分のことのように感じ、純粋に無念がっていただけなのだ。

佐々田が安楽死を乞うたのは、喋れない真葵に代わって彼女の想いを代弁していただけだ。彼としては、それを否定され、真葵の考えを変えてほしかった――。

八城看護師が「何か話したいことはある?」と透明文字盤を掲げてみせた。だが、真葵は目線を動かさなかった。

説得の言葉は通じたのか、通じていないのか。

佐々田は彼女に言った。

「真葵は一度、家族と本音で話してみるべきだと思う」

連絡先を知っているという佐々田が真葵の両親に電話した。

一時間後に両親が天心病院にやって来た。高井は八城看護師と一緒に病室へ向かった。

部屋に入ると、両親が真葵の前に進み出た。

「来たよ、真葵」

母親は緊張の色を帯びた声で話しかけた。

八城看護師が傍らに歩み寄り、透明文字盤を掲げようとした。

母親が押しとどめ、バッグから自作の透明文字盤を取り出した。

「夫とずっと使い方を練習していたんです。真葵を家に戻してやりたくて……」

真葵が何かを言いたそうにしているのは、瞳の動きだけでも充分伝わってきた。

「佐々田さんからあなたの苦しみを聞かされて、もう居ても立ってもいられなかったの」

母親が真葵に向かい合い、透明文字盤を通して目線を合わせた。娘を見る眼差しは優しかった。

母親は真葵の声を読み取った。八城看護師と違って読み上げないので、はた目には真葵が何を語ったのか分からない。

「……違うの。それは誤解よ」

母親が眉間に皺を寄せ、悲しげに視線を落とした。一呼吸置き、透明文字盤で真葵の声を読み取る。

「……お母さんたちは真葵が邪魔だったわけじゃないの」

母親は父親と目を見合わせ、また真葵に向き直った。ぐっと唇を噛み、絞り出すように言う。

「あなたに頼み込まれたら、断れないかもしれない、って思ったら、怖かったの」

母親の言葉を聞いてはっと気づいた。

真葵に安楽死を懇願されたら、彼女の悲嘆に同情し、憐れみ、呼吸器を外してしまうかもしれない——。

家族が恐れていたのはそれだったのだ。

真葵が考えていたように、在宅介護の負担が嫌でホスピスに入れたままにしているのではなかった。人の想いは決して見えないからこそ、時には気遣いや思いやりの衣《ころも》を脱ぎ捨てて、丸裸の心で向き合わなければ伝わらない本音もあるのだと思い知った。

「病院から足が遠のいてしまったのも、在宅介護に踏み切れなかったのも、それが理由なの」

母親は悲痛に張り裂けそうな声で「ごめんね……」とつぶやいた。その声は床に落ちて消えてしまいそうだった。

母親が透明文字盤を使い、真葵の声を読む。

「ごめんね、真葵。あなたがそんなに思い詰めているなんて……」悔恨に彩られた声で吐き出し、拳を握り締める。「お母さんたちが強くなるから。あなたが弱音を吐いても揺らがないくらい強くなるから」

真葵の瞳を涙の薄膜が覆っていた。

彼女が文字で声を伝えた。

「……うん」母親がうなずいた。「だから、お母さんたちと一緒に暮らしましょう」

7

真葵の退院の準備が進められていた。

ALS患者の在宅介護の難しさは、両親にしっかりと説明した。言いにくい、という理由で誤魔化してしまったら、現実の困難に直面したとき、耐えきれなくなってしまう。

見送りに現れた佐々田が高井にお辞儀をした。

「私は真葵が同じ病気の人々の希望になってくれるよう、祈っています」

自分が誰かの希望になる――。

そんな考え方は真葵の負担になると思っていた。だが、もしかしたら、二十四時間介護をされなければ生きていけない自分でも誰かの希望になるかもしれない、という想いは、真葵自身の生きる希望にもなるのではないか。

背負わされる大役と希望は紙一重なのかもしれない。

母親は透明文字盤で真葵の声を読み取り、言った。

「〝先生、安楽死をさせないでくれてありがとう。自分にできることを見つけて、生きられるだけ生きてみる〟」

真葵の強さに感服する一方、高井は歯を嚙み締め、自身の無力さに打ちのめされていた。

自分は医者として彼女に何をしてやれたのか。一方的に励ましの言葉をかけるしかできなかった。

安楽死を望むほど追い詰められた患者に対し、何をどうすればいいのか。

臨床心理士《カウンセラー》によるカウンセリングも無意味だったとしたら――。

答えは出せなかった。

高井は真葵のベッドに歩み寄った。

「……生き抜いてください」

そう言うだけで精いっぱいだった。

真葵は言葉を受け止めるように間を置くと、眼球を右に動かした。

第三話　看取られる命

1

看護師の白衣ではなく、普通のスカートスーツ姿は、ひどく無防備な気がして、心細かった。

八城優衣は証言台の前に座り、法壇を見つめていた。居並ぶ裁判官と裁判員――。法廷には、死期を前にした患者とその家族が集まる病室と同じ重苦しさが満ちていた。

優衣は緊張が絡みつく息を吐いた。

人生で何度も経験することはないだろう。初めての法廷が〝殺人事件〟――。

優衣は弁護側をちらっと見やった。灰色のシャツとズボンの神崎医師とは視線が絡まなかった。たった八ヵ月で白髪も皺も増えた彼は、膝に置いた拳をじっと睨みつけているようだ。

「それでは検察官、主尋問をお願いします」

裁判長が検察官席を見ると、女性検察官が腰を上げた。銀縁眼鏡の奥に冷徹な眼差しがある。

彼女は正義の長剣を突きつけるように神崎医師をひと睨みすると、優衣に顔を向けた。

味方である検察側証人を前にしても、表情の険しさは全く和らがない。生来の性格なのか、関係者は全員敵視しているのか。

優衣は不安に押し潰されそうになり、視線を逸らした。

「では、伺います」女性検察官が言った。「お名前と職業をお願いします」

優衣はおずおずと顔を上げた。

「は、はい……。八城優衣。ホスピスの天心病院で働いている看護師です」

「被告人と同じ病院ですね」

「はい」

「あなたは被告人とはどのような関係ですか」

「医師と看護師です」

「被告人が病室を回るとき、あなたは一緒でしたね？」

「……はい。担当の患者さんが同じでしたから、神崎先生と共に行動することは多かったです」

女性検察官は望みどおりの答えを引き出せたことに満足するように、小さくうなずいた。

裁判の前に証人尋問のシミュレーションを受けているので、どのような質問をされるか把握している。女性検察官も、証言の内容はもちろん知っている。

「一緒に診察や看護をしていて、何か不審な行動を目撃したりはしませんでしたか」

女性検察官は早くも核心に踏み入ってきた。

優衣は喉の渇きを覚え、唾を飲み込んだ。

「……私が知るかぎり、ありませんでした」

「何も？」

「はい」

「被告人は患者三人を死に至らしめています。看護師ならば何か気づいたのでは？」

優衣は神崎医師をちら見した。彼は無表情で拳を睨みつけたままだ。何を考えているのか分からない。

神崎医師は今、天心病院の患者三人を安楽死させたとして、殺人罪で起訴されている。今日は彼を有罪にするための証人として、出廷している。

「……分かりません。先生は安楽死が発覚するまで普段どおりでした」

「あなたは安楽死の証拠を持ち出して、他の医師に渡しましたよね」

神崎医師が元プロボクサーの末期がん患者に塩化カリウムを投与し、死に至らしめた可能性を疑ったのは、高井医師だった。最初はまさに今と同じように、『一緒に病室を回っていて何か気づいたりしませんでしたか』と遠回しに訊かれた。

何の話か分からず、困惑したことを覚えている。

高井医師はかなり慎重な口ぶりになり、『ここだけの話ですが……』と神崎医師の安楽死疑惑を口にした。

優衣は女性検察官を見返し、「はい」と答えた。

「持ち出したのはどういうものですか」

「塩化カリウムの保管記録や薬剤師への処方指示の記録です。高井先生に頼まれたんです」

「高井先生というのは、同じホスピスに勤めていて、被告人の凶行を告発した医師のことですね」

女性検察官の中では、神崎医師の行為は明確な〝悪〟と認識されているようだ。殺人罪を適用するかどうかを判断する場であって、安楽死の是非を論じる場ではない、ということか。

「そうです」

「その時点で被告人が何をしたかご存じでしたか」

「……はい。高井先生から疑惑について聞かされていましたから」

「安楽死という恐ろしい話を聞かされ、どう思いましたか」

優衣は下唇を噛み締め、証言台を見つめた。間を置き、上目遣いに神崎医師を窺う。

――先生、私はどうすればいいですか。

心の中で問いかけても、神崎医師は当然何も答えてくれない。

自分の言葉で語るしかない。

「……まさか、と思いました。信じられない思いでした」

当たり障りのない証言をした。

「では、被告人が起こした事件である、川村富子《かわむらとみこ》さんの死に関して、お話を伺います」

きた――と優衣は身構えた。

「川村富子さんの緩和ケアでは、あなたの関与が深かったというお話ですが、どのような患者だったのでしょう？」

「……五十三歳の女性で、乳がんの肺転移で苦しんでいました」

2

薬漬けにしても一日でも長く生かす――。たとえ、患者が苦しみにのた打ち回っても。

以前、勤務していた病院では、家族からのクレームを恐れるかのように、無理やり患者を生きながらえさせているのではないか、と思える医者が多かった。死にさえしなければどんな苦痛を与えても構わない――と。

患者に最も身近で接している看護師だからこそ、命に対して傲慢《ごうまん》に見える医師の姿に失望もあった。そんなとき、天心病院が看護師を募集していることを知り、転職した。そして今に至る。

優衣は病室に患者の様子を見に行った。

患者の名前は川村富子。彼女は肺が胸水《きょうすい》で満たされており、ずいぶん苦しんでいた。胸膜癒着術――胸水が溜まった胸腔を閉じる手術――を二度も受けていたが、効果は薄かった。だが、先日、神崎医師が投与したステロイドが劇的に効き、今では胸水がかなり減っている。

一時期は痛みにうめくだけだった彼女も、少し会話ができるようになっていた。

優衣はタオルで彼女の汗を拭《ぬぐ》いながら話しかけた。

「何かしてほしいことはありますか？」

富子は泣き笑いのような表情を浮かべた。

「……息子の顔が見たい」

つぶやきには切実な感情が表れていた。

「今は大学生でしたっけ」

「そうなの。大学三年生で、サッカーをしていて……大学選手権でゴールも決めたのよ」

「へえ。凄いですね。私もサッカーはときどき観ます」

「小さいときに日韓ワールドカップを観て、将来はサッカー選手になるんだ、って。小学校のころ、遠征に行くたび、お弁当を作ってやって、それをすごく喜んでくれたことが不思議と一番思い出に残ってるわ」

「いい思い出ですね。私も五歳の息子がいるんですが、手料理を喜んで食べる姿が可愛くて……」

「五歳のお子さんですか。可愛い盛りですね」

優衣はほほ笑みを向けた。「我がままに育っちゃって。手はかかりますけど」

「……今思えば、手がかかるころが幸せだったかもしれないわね。智《とも》ちゃんと仲が良かったのは幼いころだけで、今じゃ、あたしがこうして入院しているのに、あんまりお見舞いに来てくれないの」

思い詰めた口ぶりで漏らし、窓の外へ目を向けた。前庭には、枝々に緑のつぼみをつけた桜の木が立っている。花が咲くまであとどのくらいかかるだろう。

「もう長くないんだから、毎日でも顔を見せてほしいのに……」

自嘲の響きを帯びていたが、そこには隠しきれない悲嘆が籠っていた。

「学業がお忙しいんですか？」

富子はふっと口元を緩め、小さく首を横に振った。

「自宅からそんなに遠くないし、時間くらいあるはずなのに……」

富子は唇を噛み締めた。目元に涙が滲み出たが、彼女は拭おうとはしなかった。頬が濡れるに任せている。

優衣はハンカチを取り出し、涙を拭いてやった。

「……ありがとう、八城さん」富子が窓の外へ視線を向けたまま投げやりに——そしてどこか恨みっぽく言った。「ずっと智ちゃんのために自分の時間を犠牲にして、世話をしてきたのに……」

彼女の感情を否定しないほうがいいだろう。

「子育てに苦労されたんですか？」

富子が十五年前に夫と離婚し、女手一つで息子を育ててきたという話は以前に聞いている。

富子はしばらく何も答えずにいた。だが、やがて優衣に視線を戻した。

「毎日ご飯を作って、洗濯して、部活の準備をして……あたしの人生はずっと智ちゃんのことが最優先だったの。それが愛情だったから」

子供は成長に従って、だんだん手がかからなくなる。それは嬉しい反面、寂しさもあるのかもしれない。だからこそ、いつまでも世話を焼きたくなるのだろう。

優衣は彼女の腕を優しくさすり、うんうん、とうなずいた。急に富子の顔が歪んだ。

「……ごめんなさいね」富子が絞り出すように言った。「こんな恨み節、本当はあたしも心から思っているわけじゃないの。でも――」

「分かっています。大丈夫ですよ」

子供に注ぐ愛情は無償だ。見返りを求めているわけではない。多くの親は同じように思っているだろう。

今は親子関係に自信を失っているから、気持ちが後ろ向きになっていて、ネガティブな感情があふれているだけだと思う。それは本音とは違う。

「どうしてあんまり顔を見せてくれないのか……。本当はあたしのことが鬱陶《うっとう》しかったんじゃないか、って。干渉しすぎて迷惑だったんじゃないかって」

「そんなことは――」

「気を遣わないで。分かっているの。干渉しすぎって言われたこともあるし……」

「それは思春期特有の反発とか、そういうものかもしれませんよ。私の兄も中学や高ましたし」

校のころは、よく母に反発していましたけど、社会人になって、またいい関係に戻り

「そうだとしても、こんな状況でも顔を見せてくれないなんて……いつ会えなくなるかも分からないのに……」

富子は同じ愚痴《ぐち》を繰り返した。

「息子さんに連絡を取ってみましょうか？」

富子は静かにかぶりを振った。諦念の籠った吐息が漏れる。

「押しつけたら、もっと嫌われちゃう」

「……息子さんも、現実を受け入れられなくて、まだ戸惑っているのかもしれませんね」

病院というものは、健康な人にとって、否応なく不安を掻き立てる非日常の空間でもある。消毒液の匂いや、心電図などの機器類の電子音――。

〝看取り〟の時期が近づいてくると、患者の家族は相反する感情に取り憑かれがちだ。

残された時間を一分一秒でも長く一緒にいたいという思いと、見ていられなくて距離を取りたいという思い――。

家族は、何もしてあげられない無力感を噛み締め、やがて訪れる死という現実を前

に恐怖を覚える。そんな感情と向き合って全てをありのまま受け入れるのは、簡単ではない。だからこそ、誰にとっても後悔がない〝看取り〟になるよう、ホスピスでは通常の病院以上に家族の精神面のケアが重要視されている。

様々な家族形態に合わせ、家族間のルールや価値観、考え方などを尊重し、理解し、それぞれの気持ちにのっとってケアする。

「よかったら私のほうからそれとなく話してみますよ」

富子はためらいを見せたものの、縋るように「お願いします」と答えた。

3

ロビーで待っていると、約束の時間から五分ほど遅れて細身の青年がやって来た。水色のストライプの開襟シャツを着て、ジーンズを穿《は》いている。

青年はホスピス内を見回し、息を吐いた。病院特有の匂いに息が詰まったかのように。

優衣は彼に駆け寄った。

「智樹《ともき》さん？」

青年は無表情の仮面をつけたまま、「は、はあ……」とうなずいた。滲み出る警戒心は、ホスピス関係者に対してというより、ホスピスそのものに対して、かもしれない。

「お電話した八城です」

「……はい」

「来てくださってありがとうございます」

「……はい」

全身で拒絶の意志を感じる。だが、状況が状況なので、明るく接するのも違う気がする。

「お母さんにお会いになりますか？」

智樹は眉間に皺を作り、視線を壁の隅へ逃がした。口元がぐっと盛り上がる。何か言葉を呑み込んだように思えた。

「今は体調も悪くありませんし、わりと話せますよ」

「わりと……」

「はい。わざわざ来てくださったので、会われるでしょう？」

智樹は顔を優衣に戻した。

「……分かりません」

「え？」

「母の弱った姿を見るのが怖くて……」

優衣は同情を込めてうなずいた。

「不安になるお気持ちはよく分かります。ですが、そのときまでに顔を見ないままだときっと後悔されると思います」

言外に込めた意味が伝わるように願った。富子が生きられるのはあとわずか――。

黙って返事を待つと、智樹はおずおずとうなずいた。

「では病室にご案内します」

優衣は彼を連れて富子の病室へ向かった。ドアの前で彼を振り返ってから、ゆっくりと開ける。

病室に入り、富子のベッドへ近づく。足音がついてこなかったので振り返ると、智樹は入り口で立ち尽くしていた。まるでそこがあの世とこの世の境目でもあるかのように。

優衣は無理強いせず、代わりに富子に話しかけた。

「富子さん、息子さんが来てくれましたよ」

富子は目を開け、咳をした。胸を上下させた後、虚ろな瞳が息子を探して動く。

「向こうです」

優衣はベッドの脇へ避《よ》けると、智樹に目を向けた。彼はそれを受けて覚悟を決めたらしく、深呼吸してから病室に入ってきた。

「ああ、智ちゃん……」

汗にまみれた顔にうっすらと笑みが広がる。

「……うん」

智樹は当惑が滲んだ顔でうなずいた。

「来てくれたのね」

「……うん」

「ありがとう」無理して笑うと、眉間に皺が刻まれる。「一人で——大丈夫？　洗濯は？　アイロンはかけられてる？　ご飯はちゃんと食べてる？」

「……何とかやってるよ」

「そう、よかった。何か困ってることはない？」

智樹は何かを言いそうになり、震える唇を噛み締めた。血が滲み出そうなほどだった。

「どうなの？」

富子が重ねて訊いた。

智樹は母親から目を外していた。

残酷な現実と向き合いたくない気持ちはよく分かる。死が人間に必ず訪れることは理解していても、まさか今——と思う。九十歳、百歳まで生きる者も決して珍しくない高齢化社会の昨今、五十代で死が迫っている現実——。

患者本人だけでなく、家族もなかなか受け入れられない。

富子は口を開くも、言葉ではなく、ひゅーひゅーと壊れた笛のような音が漏れた。

呼吸困難が強まっている。

苦しがりながらも、窓の外を見やり、途切れ途切れに言った。

「桜……見たいねえ……智ちゃん、小学校のころに一度……お花見したよね。覚えてる？」

智樹は顎を縦に振った。だが、富子には見えていなかった。彼女はまた激しく苦しみ出した。

智樹は泣きそうな顔で息を吐いた。

「……ごめん、母さん」

彼は言い残して病室を出て行った。

優衣はあっと思ったものの、富子のケアが先決だった。「大丈夫ですからね」と話しかけながら、除圧クッションを利用して彼女を坐位《ざい》に変更した。

座ることにより、横隔膜が下降しやすくなって呼吸が楽になる。

苦しみが増すと、死への恐怖も強まり、それが体調悪化の悪循環に繋がることもある。

優衣は富子が落ち着くまで看護した。

富子が眠りに落ちると、優衣は額の汗を拭い、病室を出た。ロビーのほうへ向かうと、ベンチチェアにぽつねんと座っている智樹の姿が目に入った。

彼は他人の家に置き去りにされた人形のように、寂しげで孤独に見えた。

優衣は近づき、声をかけた。

「智樹さん？」

彼は上目遣いに優衣を見た後、すぐ視線を落とした。

「お母さんの姿、実際に目の当たりにすると、ショックですよね。動揺するのも無理はありません」

「……見たくなかったです」

「怖いですし、不安にもなりますよね。ですが――」優衣は悲観的な感情を込めすぎないように注意しながら言った。「会わないまま別れが来てしまうと、たぶん、一生後悔してしまいます」

智樹の顔に苦悩の翳《かげ》りが覆いかぶさった。ロビーの静寂の中でなければ聞き取れないほどの小声で口を開く。

「……僕のせいなんですよ」

「え？」

「母さんがこうなったの」

うな垂れた智樹の横顔には、根深い悔根が滲み出ていた。床に落ちたままの視線

――。

優衣は優しい声音を意識して訊いた。

「自分のせいというのは？」

智樹は大きく息を吐いた。

口を開くのを待ったが、やがて彼は無言で立ち上がった。背中を見せたまま言った。

「すみません、忘れてください」

智樹は呼び止める声も無視し、天心病院を駆け出て行った。

4

一週間が経ったころには、富子の体調が目に見えて悪化していた。ほとんど寝たきりで身を起こせず、飲食もできない。一日の大半は眠っており、目を開けている時間がきわめて少ない。

死が近い兆候だった。

優衣は智樹に連絡を取った。躊躇する彼を根気強く説得した。

午後三時半――。

智樹は大学を休んで駆けつけた。優衣は彼と連れ立って病室に入った。

病室では神崎医師が治療にあたっていた。

智樹はベッドに駆け寄ると、母親を見下ろした。瞳が揺れ、両手の指が所在なげにせわしなく動いている。

彼は躊躇しながらも「母さん！」と呼びかけた。うめく富子は一瞥《いちべつ》もせず、顔を歪めている。

臓器不全、せん妄、呼吸困難、気道分泌、疼痛、嘔吐――。富子の全身症状は悪化の一途をたどっている。

「先生！」智樹が神崎医師の袖に取り縋った。「母さんが苦しそうです。何とか――何とか苦しみを和らげてあげられませんか！」

大切な家族が苦痛にうめき続ける姿は、誰にとっても目と耳を覆いたくなるようなつらさがある。

神崎医師は難問に直面した顔で唇を噛み締めた。

「先生！」

智樹がさらに声を荒らげる。

「……これ以上、薬を投与しても痛みを抑えることはできません」

神崎医師は苦渋の面持ちで言った。

「何か方法はないんですか！　何のためのホスピスなんですか！　苦痛の緩和のプロでしょ！」

富子は、胸骨の形があらわになった胸を押さえ、咳き込み、もがいている。

神崎医師はまぶたを伏せ、一呼吸置いた。目を開け、智樹に深刻な眼差しを向ける。

「身内として、覚悟を決めてください」

智樹が息を呑み、立ちすくんだ。

「覚悟って――」

神崎医師が憐れむような表情でうなずく。

「母さんはもう――」

智樹は富子を見て黙り込んだ。〝死〟や〝最期〟という言葉を母親の耳に入れたくなかったのだと思う。

数日――。

富子の顔は蒼白で、喘鳴《ぜんめい》も聞こえる。皮膚は体温が感じられないほど冷たい。

おそらく、彼女の命はあと数日だ。〝看取り期〟が差し迫っている。

「方法は――あります」

神崎医師が感情を抑えた声で言った。

智樹は縋る眼差しを向けた。

「それは――」

神崎医師はすぐには答えなかった。重々しい息を吐き、富子から離れた。

目配せが通じたらしく、智樹が彼に近づいた。

神崎医師は富子に聞こえない小声で言った。

「ターミナルセデーションです」

「ターミナル――？」

優衣ははっとし、神崎医師の横顔を見つめた。

「他に苦痛緩和の手段がないとき、鎮静剤を投与して持続的な鎮静を行うんです」

「それをしたら母さんは楽になるんですか！」

神崎医師は意図的なのか、終末期鎮静という日本語を使わなかった。単語から不穏な予感を抱かせるからだろう。そして――それは間違っていない。

「苦痛は緩和します」

「すぐにしてください！」

「……ターミナルセデーションを行うと、たしかに苦痛は緩和できますが、もう会話が困難になります」

「困難って、どういうことですか」

「鎮静剤によって意識レベルを低下させるんです。強制的に眠らせるわけですから、会話はできません」

「でも、起きたら話せるんですよね？」

神崎医師は眉間に皺を寄せた。

「一般的な鎮静《セデーション》であれば、使用は一時的ですが――」彼は少し言いよどんだ。「ターミナル――つまり、終末期の鎮静は、最期まで行うので、意識は低下したままです」

〝終末期〟と〝最期〟に反応して智樹の顔が強張った。

「それをしたら母はもう目覚めないってことですか」

神崎医師は神妙にうなずいた。

「栄養点滴も減らすか中止し、肉体の死を待ちます」

智樹が絶句し、瞳をさ迷わせる。

「苦しみは――なくなります」

神崎医師が絞り出すように言うと、智樹は下唇を嚙み、富子の元に戻った。苦しみ悶《もだ》える姿を眺める。

「ご本人が望んでいて、ご家族の同意があれば、ターミナルセデーションを行います」

神崎医師は富子に歩み寄った。彼女は「痛いよう、痛いよう……」と泣き声を漏らしている。

「富子さん」優しく問いかける。「意識を保ったままですと、この痛みを和らげるのは難しいと感じています。ぐっすり眠ることで、痛みを和らげる方法もありますが、ご希望を聞かせてください」

富子は引き歪められた顔で神崎医師を見上げた。目は泣き腫《は》らしている。

「痛い、痛いよう、先生……」

胸が押し潰される。大人が子供のように泣きじゃくる姿は、あまりに耐えがたい。体裁を繕う余裕もないほどの激痛なのだと思い知らされるからだ。

「ぐっすり眠る方法を選択されれば、苦痛から解放されます。しかし、息子さんと会話することが難しくなります」

うめき続ける富子は、話を理解しているのかどうか――いや、そもそも声が聞こえているのかどうかも判然としなかった。

傍らの智樹の顔は蒼白だった。

「……考えさせてください」

彼は絞り出すようにそれだけ言うのが精いっぱいのようだった。

「決断が長引けば、その分、お母さんが苦しみます。あまり長くは待てません」

5

優衣は智樹を追ってホスピスの外へ出た。

智樹は、いまだ咲く気配を見せない桜の木の前に突っ立っていた。木に額をつけ、両手の爪を樹皮に突き立てている。

「智樹さん……」

優衣は背後から声をかけた。

彼は振り向かず、樹皮を睨み続けている。

「僕はどうしたら……」

優衣は慎重に言葉を選んだ。

「難しい選択だと思います。しかし――」

「僕のせいで、こんな……」

彼の指に力が入った。樹皮に突き立てた爪が剝がれそうで心配になる。

彼は以前もそんなことを言っていた。

「お母さんは乳がんです。あなたに何か責任があるわけじゃありません」

智樹はわずかに首を横に振った。

「僕のせいなんです」

「それは一体――」

沈黙した智樹の背中が小刻みに震えている。感情を吐き出したがっているのが分かったので、優衣は黙って待った。

「母さんは過保護すぎるところがあって。母子家庭だったからよけいに母親として自分が頑張らなきゃ、みたいな想いがあったのかもしれないですけど、何でもかんでも世話を焼くんです。子供扱いにうんざりして反抗したり、それくらい自分でやるから、って、嫌がったこともあるんですけど、実際に助かっている部分もあって……だから僕も結局甘えていたんです。そんなとき、具合が悪そうにしていて……『何だか最近しんどくって』ってつらそうに言ったんです。僕は――」

風が吹きすさび、つぼみがついた枝々が彼の心の動揺を表すように揺れ動いていた。

「もし安心させるようなことを言ってしまったのだとしても、あなたに責任は――」

「違うんです。そうじゃないんです。僕は心配だったから、『病院に行って検査して』って頼みました。根拠はないんですが、怖くて不安で……。ドラマなんかじゃ、そういう台詞って、フラグじゃないですか。実は大病が隠れていて、みたいな」

「そうかもしれませんね」

「だから、何度も検査を勧めました。でも、母さんは『ちょっと無理しすぎて疲れが溜まってるだけだから大丈夫』って。話はそれっきりで、何週間も経ってしまって。回復するどころか、母さんの体調がどんどん悪くなっていって。僕はまた検査を勧めたんです。そのときはかなり強めの言葉で」

「それで病院に――？」

智樹はまた力なくかぶりを振った。

「母さんはうんざりしたように、『あんたのことを色々しなきゃならないのに、そんな時間はないよ』って」

優衣は言葉をなくした。

「母さんはそれで結局、検査には行きませんでした。それから二週間くらいして、母さんがいきなり倒れて、救急車で運ばれて……がんだって言われて……僕は目の前が真っ暗で、動揺して、後悔して……」

――あんたのことを色々しなきゃならないのに、そんな時間はないよ。

富子の台詞は、言い換えれば、あなたの世話のせいで検査に行けない、ということだ。

何事もなければ、笑い話で済んだだろう。今度からは僕の面倒より自分の体調を優先してよ、と笑って終わり。だが、実際は乳がんの肺転移が発覚した。

もっと早くに検査していれば――。

そういう後悔は常に付き纏う。

母親としては他愛もない言葉だったのだろう。健康だと信じていたころの何でもない一言が、子供を罪悪感で苦しめる呪いとなった。

彼がずっと見舞いに来られなかったのは、自分のせいでこうなった母の姿を目の当たりにする恐怖からだったのだ。乳がんが発覚する前までは仲が良かっただろう、母子。だからこそ、平静ではいられなかった――。

かける言葉が思いつかない。

智樹は樹皮に額をこすりつけると、肩を大きく上下させてから振り返った。額の皮膚が赤くなっている。

彼は天を仰ぎ、息を吐いた。そして頭を下げる。

「……母さんの鎮静をお願いします」

6

優衣は診察室で神崎医師と向き合った。

「――そうですか。彼は決意されたんですね」神崎医師は目頭を揉《も》み、ふう、と息を吐いた。「先ほど富子さんも承諾しました。準備をしましょう」

背を向けた彼に問いかけた。

「先生、本当にターミナルセデーションを？」

神崎医師は振り返った。

「苦痛を緩和するにはもう他に方法がありません。何か懸念が？」

「……いえ」

「そうですか」

彼は電子カルテを見ながら、ターミナルセデーションの準備を指示した。

優衣は反射的に返事をしそうになり、言葉を呑み込んだ。沈黙に気づいた神崎医師が怪訝な顔を見せる。

「八城さん？」

「……先生がお願いします」

「え？」

「先生がご自身でお願いします」

「私が自分で――というのは？」

優衣は深呼吸した。医師の指示に異論を唱えるのは、出しゃばった行為だと承知している。だが、もう耐えられなかった。

「……私はこの二年間で、田部《たべ》先生の指示のもと、三件、ターミナルセデーションを行いました」

田部は三十代後半の医師だ。神経質な数学者のような風貌で、看護師にビジネスライクに接する。女性が苦手なのか、必要以上に関わりを避けている節がある。

「先生方は電子カルテを見て指示するだけで、実際に針を刺すのは看護師です」

「……そうですね。注射は看護師も打てますから。あなたも数え切れないほど患者に注射してきたでしょう？」

「もちろんそうです。しかし、ターミナルセデーションは通常の注射とは違います」

「鎮静剤の投与は珍しくないでしょう？」

「同じ鎮静剤でも、目的が違います。治療や、精神状態の安定のための鎮静と、終末期の鎮静は別物です。先生も智樹さんにそう説明されましたよね」

神崎医師はわずかにうなった。

「先生はご自身で注射されたことは？」

神崎医師はためらいがちに「いえ……」と答えた。

「先生方は看護師任せにされていますが、ターミナルセデーションを実行する看護師の気持ちを想像されたことはありますか」

「医療行為に想像も何もないでしょう」

「……先生、安楽死させなければならない者の苦しみも理解してください」

神崎医師は目を剝いた。

「安楽死――？」

「そうです」

「鎮静は安楽死ではありませんよ」

「……たしかに私たちは、あくまで苦痛緩和のための医療行為と認識して、安楽死と区別して行っています」

「実際そのとおりです。鎮静の目的は緩和ケアであって、患者の命を絶つことではありません。違法性がないことは法律も保証しています」

「ですが、現実は別です。私たちはその現実から目を背け続けているのではないでしょうか」

神崎医師は言葉を嚙み締めるように沈黙した。

優衣は想いを吐き出した。

「実際問題、ターミナルセデーションを行うのは、余命数日から二週間くらいの、看取り期患者です。鎮静剤で意識レベルを下げたら、栄養の点滴も中止して、患者はもうそのまま目覚めることなく死を迎えます。目を背けてもその現実は変わりません」

「……八城さん、何かあったんですか？」

純粋な問いというより、漠然と察するものがあった、というニュアンスが籠っていた。

優衣は魂が抜けるように大きく息を吐いた。

「私も多くの医療従事者と同じで、これは緩和ケアの一環だと自分を納得させながら鎮静を行っていました。ですが、先々月、末期がんで苦しみ抜いている患者さんにターミナルセデーションを行った後、ご家族の方から言われたんです」

神崎医師は眉を顰《ひそ》めた。

「まさか非難されたんですか？」

優衣は小さくかぶりを振った。

「逆です。感謝されたんです、、、、」

神崎医師が首を傾げる。

「……『父を楽に死なせてくださってありがとうございました』って」

神崎医師は電撃に打たれたような顔をした。

「ショックでした」優衣は言った。「私自身の欺瞞を暴かれた思いでした」

ターミナルセデーションは患者を楽に死なせるために行っているわけではなく、苦痛緩和の医療行為だという欺瞞——。

「患者さんのご家族にとっては、ターミナルセデーションは安楽死と同じだったんです」

苦痛に身悶えする患者に鎮静剤を投与し、意識レベルを低下させて安らかな死へ——。

神崎医師は床を睨みながら、感情を殺した声で言った。

「ターミナルセデーションは安楽死か緩和ケアか——。たしかにその倫理的問題を語ることは、半ばタブー化していますね。あまり公然と議論されてきませんでした」

優衣は黙ったままうなずいた。

「しかし、安楽死の目的が患者の死であるのに対し、鎮静の目的はあくまでも苦痛緩和です。違いは——あります」

神崎医師の口調には感情の揺れがあった。

「患者さんやご家族にとっては、同じなんです。目的が違っても、結果は同じなんですから」

「過程も違います。安楽死は薬剤の注射によって、そのまますぐ死が訪れます。薬で強制的に死を与えるので、生を縮めます。しかし、鎮静は、生を縮めたりはしません。患者を眠らせたまま、死を迎えさせるだけです」

日本緩和医療学会のガイドラインでは、数日から二、三週間のうちに死亡すると予測される患者であって、どうしても緩和できない耐え難い苦痛がある場合に行うよう、求められている。何週間——あるいは何ヵ月も生きられる患者にターミナルセデーションを行うことは道義的に許されていない。

「おっしゃる話は理解できます。でも、感情は違うんです。ターミナルセデーションを行った看護師同士で話をすると、精神的に病んでいる人も多くて……」

神崎医師は理解を示すようにうなずいた。

「自分の注射で患者さんの意識がなくなって、そのまま目覚めない——。それは安楽死に加担したのと同じで、どんな論理や倫理で取り繕っても、割り切れないんです」

「……看護師がそんなふうに思い悩んでいるとは想像もしませんでした。医師が、つらい役目を看護師に丸投げしていると言われても仕方ありません」

真摯な口ぶりで、そこには彼の真面目な性格が表れていた。

「すみません」優衣は頭を下げた。「神崎先生を責めているわけではないんです。ただ——自分の注射が患者さんに死を与えた気がして、耐えられなくて」

「……分かりました。注射は私が打ちます」

「先生——」

「あなたが無用な苦しみを受ける必要はありません」

7

ターミナルセデーションを行う夜、医療機器の電子音のみの病室で優衣は緊張を押し隠し、立っていた。智樹は丸椅子に座り、ベッドの富子を見つめている。

「母さん……」

智樹は泣き顔をこらえるように唇を嚙み、富子の手を握り締めた。おそらく、もう握り返す力はないであろう、手を。

「智ちゃん。顔を見られてよかった」

「……ずっと寂しい思いさせてごめん」

智樹は歯を食いしばったらしく、顎の筋肉をぐっと盛り上げた。

「痛いよ、智ちゃん……」

智樹は「ごめん」と手を放した。

「ううん、握っていてちょうだい。がんの痛みと違って、智ちゃんの存在を感じられる痛みだから」

「うん……」

智樹はまた富子の手を握った。

「最期までそばにいてね」

「……こんなことになって、ごめん」

「ん？」富子が弱々しく首を傾げる。「どうして……智ちゃんが謝るの？」

智樹は抱えていた想いを吐き出した。ホスピスの庭で語った話を繰り返した。淡々と。

富子は目を瞠っていた。

「まさかそんなことを気にしていたなんて……」

「僕がもっと自分のことを自分でしていたら――」

「違う。智ちゃんのせいじゃない。そんなつもりで言ったんじゃなくて……」

「でも、僕にはそう聞こえたんだ」

富子は肉体の苦痛以上に苦しそうに顔を顰めた。

「検査が嫌だったり、怖かったり、かかる時間のことを考えたら面倒で……でも、そんな理由、言いにくくて、それで悪気なく口走ったの。ごめんね」

智樹は濡れた瞳で「うん」とうなずいた。

「お母さんが悪いの。検査に行こうと思えばいつだって行けたのに……時間なんていくらでも作れたのに……単なる疲れだって自分に言い聞かせて、後回しにして……」

智樹の頬を涙のしずくが伝った。

「死なないで、母さん」

富子は苦痛にまみれた顔にほほ笑みを浮かべた。無理やり作った笑みは歪んでいた。

「……もう寝かせてちょうだい」

智樹の表情が凍りついた。

その言葉の意味も重みも分かる。

「……ごめんね」

智樹を思いがけず苦しめてしまった発言の謝罪なのか、彼を遺して逝ってしまうことへの謝罪なのか。

智樹は答えられなかった。富子は最期の力を振り絞るように本物の笑顔を見せ、ゆっくりと目を閉じた。

神崎医師が歩み寄り、静かに言った。

「鎮静を行います」

智樹の肩がビクッと震えた。しばらく無言で拳を睨み、やがて消え入りそうな声で

「はい……」とうなずいた。

神崎医師が富子に優しく声をかけながら準備を整えた。

「ミダゾラム、一時間に一ミリを投与。その後は点滴量を調整し、一日で百ミリを投与します」

神崎医師は富子に静脈注射をした。

点滴がはじまると、富子の呼吸速度が緩やかになっていった。痛みに歪んだ顔から表情が消えていく。

「母さん！」智樹が声を上げた。「母さん！　母さん！」

富子の反応はもうない。起きることもない。

智樹は泣きじゃくりながら、何度も何度も母親を呼び続けていた。苦痛なく眠っている今なら、乳がんになる前のように普通に目覚めてくれるのではないか、と期待しているかのように。

富子はもう苦痛に泣き叫ぶことはなくなり、三日間静かに眠り続け、そのまま旅立った。

天心病院の庭の桜が残酷なまでに美しく咲き誇ったのは、彼女の死から二日後だった。

優衣は胸に抱えている真実を伏せたまま、女性検察官の証人尋問に答え続けていた。

8

神崎医師は富子にターミナルセデーションを行った。自ら鎮静剤を注射した。それは患者本人も、唯一の家族である智樹も同意の上だった。

致死性の薬剤を注射したわけではない。少なくとも、富子に関しては違う。

それなのになぜ——。

神崎医師は安楽死を否定しないのか。

——母を苦しみなく死なせてくれてありがとうございます。

ターミナルセデーションを行ってからの三日間で智樹は覚悟を徐々に決めていったらしく、母親が亡くなると、彼はそう言って神崎医師に頭を下げた。

何の因果か、優衣が以前に患者の家族から受けた言葉とほとんど同じだった。

優衣は、神崎医師がぎょっとしたのを見逃さなかった。それは一瞬の表情の変化だった。智樹は頭を下げていたので、その反応には気づいていなかった。

智樹が顔を上げたとき、神崎医師は母親の死に同情する神妙な顔つきに戻っていた。

神崎医師と二人きりになったとき、彼は嘆息と共に言った。

「あなたの気持ちが初めて理解できました。薬剤の投与で彼のお母さんを逝かせたつもりはありませんでしたが、そう受け取られることもあるのだ、と」

ターミナルセデーションは本当に安楽死とは違うのか。根っこは同じではないのか。

苦痛緩和のための鎮静だといくら自分に言い聞かせても、現実として葛藤は付き纏う。注射を打てば、患者は眠りについてしまい、もう家族や友人とコミュニケーションをとることができなくなる。

本音をぶつけると、神崎医師は、答えは出せないと語った。率直な気持ちだったと思う。

優衣は法壇を見つめた後、弁護人席の神崎医師に視線を移した。彼は自身の拳を睨んだまま、一度も顔を上げなかった。

証人尋問から解放されると、優衣は法廷を出た。暗灰色の空に、建物を飲み込みそうな黒雲が攻め寄せていた。冷風が吹き荒れ、枯れ木から枯れ葉を引き千切っていく。

体も心も寒々としていた。

神崎医師が富子に行ったのは、安楽死ではない。それなのに、真実を告白できなかった。

そう考えたとき、思わず自虐的な苦笑が漏れた。

安楽死ではない――か。

ターミナルセデーションも安楽死と変わらない、と主張し、富子への注射を拒否したのは他ならぬ自分ではないか。

神崎医師も同じように考えたのだ。だからこそ、富子の死も安楽死だと疑われながら真実を口にしていない。

優衣はそのまま帰宅するかどうか迷ったものの、スマートフォンである住所を検索し、電車に乗った。

向かった先は、智樹が一人暮らしをしているアパートだった。チャイムを鳴らし、反応を待った。事前に連絡していないので、留守ならそれはそれで仕方がないと思った。

だが――。

中から声が聞こえ、ドアが開いた。

智樹は訪問者の素性に気づくと、はっと目を見開いた。

「看護師の――」

「八城です」

「すみません、急だったので。その節はお世話になりました」彼は軽くお辞儀をした後、警戒するように訊いた。「あの……何か？」

自分でも分からない。なぜ彼を訪ねたのか。彼と何を話したいのか。

ただ――衝動的だった。

「……神崎先生が罪に問われ、裁かれているのはご存じですか？」

智樹の顔が引き攣《つ》った。

「知っています。安楽死をさせて――」

「智樹さんのお母さんのことも、その中に入っています」

「……それも知っています。神崎先生が逮捕される前、警察が訪ねてきて、そういう話をされましたから。その後も何度か話を聞きにやって来ました」

「智樹さんは何を話したんですか」

訊かずにはいられなかった。

智樹は玄関ドアの縁をぐっと握り締めた。視線が地面に落ちる。

「……僕はほとんど何も話していません。警察の人が訪ねてきて、あなたのお母さんは安楽死させられた疑いがあります、って。向こうが一方的に話して、僕はうなずくばかりでした」

口ぶりには思い詰めた響きがあった。どことなく、罪の意識があるように感じた。

「あのう……」優衣は慎重に切り出した。「批判的に聞こえてしまったらごめんなさい。神崎先生が行ったのは、鎮静であって、安楽死ではありません」

智樹は同意してくれることもなく、ただ下唇を嚙んでいる。

「智樹さんも説明を受けて納得されたと思うんですが……」

彼はドアの隅へ視線を逃がした。地面を睨んでいるようで、焦点は合っていない。

「……納得はしていました」

嚙み締めた唇の隙間から絞り出すような声だった。

「いました？」

「説明を聞いたときは、たしかに納得していたんです。目の前の母さんが苦しがっていて、泣き叫んでいて、胸が押し潰されそうで……。その苦しみをなくせるならって」

優衣は理解を示すために黙ってうなずいた。

彼が吐き出す言葉を聞きたい。本音を知りたい。ターミナルセデーションで家族を亡くした彼の心の深奥《しんおう》に触れたい。

智樹は深呼吸した。

「でも、意識がなくなった母さんがそのまま死んでしまって……。葬儀も終えて、アパートに一人ぼっちになると、色んな思い出の物に囲まれていると、感情が掻き乱されて、つらくて……」

遺族へのグリーフケア——悲嘆に暮れる人へのケア——が不充分だったのかもしれない。多くのホスピスでは、四十九日が過ぎたころに家族へ手紙やカードを送付したり、一年ほど経ったころに遺族会を催したりする。サポートグループを運営したり、可能なかぎり、残された人々へのケアも行っている。もちろん参加は強制ではなく、本人の気持ちを尊重してケースバイケースで対応している。

今年は神崎医師の逮捕があり、天心病院も家宅捜索を受けるなど混乱が大きく、充分なケアができなかった。彼は一人で悲しみを抱えていたのだ。

「——手作りのおかずが詰められることがない弁当箱とか、母の日にプレゼントしてもう減ることがない化粧品とか、そういうものを見たときに感情があふれ出すんです。一番は、留守電が反応して、母さんの声が流れるときです。生きているときのままで、でも、実際はもう死んでいて……。つらいから削除したくても、もう二度と聞けなくなると思ったら、それもできなくて」

智樹は袖で目をごしごしとこすった。腕をどけたとき、目が軽く充血していた。

「もっと普段から……母さんが元気なうちに動画を撮っておけばよかったな、って」

智樹は乾いた笑いを漏らした。「でも、親の動画なんて、撮らないじゃないですか、普通。恥ずかしいし。こんなことになるなら、もっと思い出を作ったのにって」

「ホスピスとしても力不足でした……」

智樹は「いえ」と小さく首を横に振った。「警察の人から、安楽死の疑いが――って言われたとき、僕は気づいたんです」

彼がそれっきり黙り込んでしまったので、優衣は「何をですか？」と訊いた。

「……自分が苦しんでいる理由に、です。神崎先生の注射があって、母さんの意識がなくなって、そのまま三日後に亡くなりました。僕はずっと――」智樹は声を震わせた。「母の安楽死に同意したような気持ちになっていたんです」

ターミナルセデーションに関わった看護師と同じ苦しみ――。

「母さんが死んでから荷物を取りに天心病院を訪ねたとき、桜が満開で……鎮静をしなかったら、それを見るまで生きられたんじゃないかって。何とか痛みを緩和してもらって、桜を見るまで生きていられたらって。母さんが喜ぶ顔を見たかったです」

遺族調査だと、鎮静に関して二十五パーセントの遺族が精神的苦痛を感じるという。自分の意思決定が――鎮静が余命を縮めたのではないか、と苦しんでいる。

「僕はホスピスを訪ねて、神崎先生に自分の想いを吐き出したんです。僕は苦しんでいます、って。あれは僕にとっては安楽死だったんです、って」

彼が神崎医師を訪ねてきたというのは初耳だった。

「……先生は何て？」

「〝私も同感です〟って」

智樹の台詞は、神崎医師の声になって頭の中に響いた。

悔恨――。

注射を行った神崎医師も悔恨とは無縁でいられなかったのだ。

「僕は先生に怒鳴ってしまいました。どうしてあんなことを勧めたんですか！　って。筋違いだと分かっています。それでも感情をぶつけずにはいられなかったんです」

「お気持ちは分かります」

「……先生は怒って当然です。でも、先生は全て受け止めたうえで、僕に言ったんです。〝罪も苦しみも私が背負います。だからあなたは苦しまないでください〟って」

ターミナルセデーションの前、神崎医師から同じことを言われた。それが彼の責任感――。

神崎医師の苦悩と覚悟が胸に迫り、息苦しくなった。周囲の空気が急に重い。

「すみません」智樹が頭を下げた。「警察に本当のことを正直に話すべきでした」

逮捕の前に彼が安楽死を否定してくれていたら――と思うものの、神崎医師が自分で背負った罪ならば、結局、状況はあまり変わらなかった気もする。

「今からでも検察に真実を――」優衣は言った。「いえ、弁護士のほうがいいかもしれません」

智樹は決然とうなずいた。

9

優衣は帰路につく道中、安楽死に関する証拠の入手を高井医師から頼まれたときのことを思い出した。

――神崎先生には安楽死を実行した疑いがあります。

――僕はどうも不審がられているので、神崎先生に近づけません。何とか調べてください。

信じられない思いだった。尊敬する神崎医師が安楽死を行うなど――。

迷ったすえ、神崎医師本人に話をした。高井医師からは、秘密裏に、と厳命されていたが、守れなかった。

神崎医師は真摯な面持《おもも》ちで黙り込み、何かを決断したように口を開いた。

――高井君が私を疑っていることは薄々感じていました。裏で証拠を探していることも。

——あなたは何も言わないでください。そして、高井君にはこれを渡してください。

神崎医師から手渡されたのは、塩化カリウムの保管記録を含む安楽死の〝物証〟だった。

目を瞠り、彼を見返した。

神崎医師の目には、悲愴な覚悟が宿っていた。彼は、安楽死の証拠物を自分が手渡したと明かさないよう、言い含めた。

『あなたは何も言わないでください』

神崎医師の顔を見つめているうちに、言葉の意味に気づいた。

富子が鎮静で息を引き取ったことも喋る必要はない、ということだ。

葛藤があった。神崎医師の真意が理解できず、悩みに悩んだ。だが、結局、沈黙を選んでしまった。

優衣は額を打つ水滴で回想を終えた。

仰ぎ見ると、空を覆い隠すほどの黒ずんだ雲の塊が押し寄せていた。小雨が降りはじめる。

——神崎先生。

智樹から話を聞いた今なら、神崎医師の言動の意味が理解できる。

自らターミナルセデーションを行った彼は、患者の家族の苦悩を目の当たりにし、鎮静も安楽死と同じだという結論に至ったのだ。安楽死行為が裁かれるなら、鎮静も罪だ、と。

だから彼は沈黙している。〝罪〟を背負うために。

実際に塩化カリウムの注射で安楽死を行った事実が一件でもある以上、警察が彼女の死も同じだと疑って当然だ。

雨の勢いは増し、雨粒がアスファルトで踊る。雨に打ちのめされ、衣服が濡れそぼった。

彼の判断は本当に正しかったのか。

ターミナルセデーションと安楽死が変わらないなら、医師も家族も鎮静をためらうようになるだろう。鎮静が苦痛緩和の唯一の手段でも選択肢に入れられず、いたずらに苦痛を長引かせてしまう。

鎮静は必要だと思う。

だが、実際問題として、実行した医師や、同意した家族が安楽死をさせたように苦しむケースもある。

鎮静は安楽死と区別すべきか。それとも――。

答えは出せなかった。

理屈ではなく、現場の人間の気持ちの問題なのだ。
優衣は雨の中、濡れながら駅へ向かって歩きはじめた。
雨はしばらく止みそうになかった。

第四話　奪われた命

1

曾我《そが》恒靖《つねやす》は、樫《かし》の杖を突きながら法廷に足を踏み入れた。筋力が衰えた脚は、もはや杖がなければ役に立たない。それでも、車椅子の世話にならずにすんでいるだけで御《おん》の字かもしれない。

法廷の職員が椅子を引き、「どうぞ」と示した。

「すまんね」

曾我は、ふう、と疲労が籠った息を吐き、椅子に腰を下ろした。ほんの少しの移動でも体力が底をついてしまう。介助の手にも頼らねばならない。

情けないかぎりだと思うものの、今までそれなりに健康体で生きてこられたのだから、むしろ神に感謝すべきかもしれない。

「大丈夫ですか？」

職員が気遣わしげに訊いた。

「……うむ」

曾我は眼鏡の位置を調節し、補聴器を嵌《は》め直した。背筋をぴんと伸ばし、法壇を見つめる。

九十二年の人生の中で、法廷に立ったことは一度もない。緊張はないものの、若干、息苦しさを感じる。それは人を裁く場だからだろうか。

曾我は弁護側席に目を向けた。神崎医師が座っていた。悲愴な覚悟が窺える表情で、床を睨みつけている。

恩人である彼が法廷で裁かれていると知ったのは、新聞記事でだった。居ても立ってもいられず、担当弁護士に連絡を取ったのだ。

裁判長が口を開いた。

「それでは弁護人、主尋問を」

問われるまま基本的な情報を答えると、弁護士が証人尋問をはじめた。

「妹の文江《ふみえ》さんは、神崎医師が勤める天心病院に入院していましたね？」

神崎医師は現在、天心病院で三人の患者を安楽死させたとして殺人罪で裁かれている。

「八十九という年齢もあるんだろうが、文江は心臓が弱っていて、認知症で、がんに侵されていた。手術や治療は体力的にできん、ちゅう話だったので、先生の勧めでホスピスに入れた。文江の娘夫婦が決めたことだ」

「ホスピスでの生活はどうでしたか」

「苦しんどった。まあ、病院で抗がん剤治療を受けるよりは苦しみも少なかったろうが。ホスピスちゅうのは、治すための治療はせんらしい」

苦痛を伴う治療を施さず、残された人生を少しでも安らかに過ごせるよう、世話するのがホスピスだという。

「妹さんは耐えがたい苦しみを覚えていましたか」

「そうだろう。文江も戦争を生き抜いた女だ。やわではない。あれほど泣き言を言う姿は初めて見たよ」

苦しむ文江の姿が蘇る。

高齢だったため、通常の病院でも抗がん剤の投与は最初から行われず、副作用と言われる頭髪の脱毛はなかった。だが、病を患《わずら》う前から白髪は薄く、てっぺんの地肌が覗いていた。顔面の皮膚は乾燥しており、看護師がケアしていても、皺だらけの肌にあざやシミが目立った。

がんよりも重篤なのは認知症で、飲食物の飲み込みが難しく、『誤嚥《ごえん》性《せい》肺炎』という病気を繰り返していた。

ホスピスでは、輸液や酸素療法、抗菌薬の投与を行っていたが、苦痛が増したため、輸液や人工栄養は早々に中止された。

医師によると、認知症では、身体機能と同時に意識レベルも低下していくため、がんを患っていても激しい苦痛をあまり訴えないケースが多いという。しかし、肺炎も併発している文江は、身じろぎするだけで苦悶の声を上げていた。加えて日ごとに日記を一頁一頁引き千切って燃やしていくように、記憶が消えていく。

文江の娘や孫は、変わり果てた姿に耐えきれず、見舞いの回数も日増しに減っていった。

——何をしてあげたらいいか分からないの。

文江の娘は泣き顔でそう漏らした。

——母親のそばについていてやれ。

そう助言するのが精々だった。親しい者が何ヵ月も苦しみ、徐々に死にゆく様を目の当たりにしたことがないから、乱れる感情を持て余すのだろう。

曾我は奥歯を嚙み締め、法壇の面々に向かって続けた。

「泣き言を言う文江は痛々しいほどで、兄として何もしてやれん自分が情けのうて情けのうて……」

弁護士が同情するように二度うなずいた。

「神崎医師に苦しみを取り除いてほしいと訴えましたか？」

「もちろんだとも！　そもそも、苦しみを取り除いてもらえねば、何のためのホスピスなのか」

「神崎医師は何と?」

「できるかぎりのことはします、と」

「実際にしてくれましたか?」

「そう思っとる。医療の小難しい話は門外漢だが、あの手この手で苦痛を取り除こうとしてくれた。実際、一時的に症状がましになり、文江が笑顔を浮かべられた時期もあった」

曾我は神妙に座っている神崎医師をちらっと見やり、法壇に向き直った。

「神崎医師に感謝はありますか?」

弁護士が訊くと、曾我は大きくうなずいた。

「感謝しかない」

「それは今も変わらず?」

「もちろん」

「神崎医師が安楽死させたとされる患者の一人は、あなたの妹さんです。彼は妹さんの命を奪った疑いがあるわけですが、それでも感謝を?」

神崎医師が容疑者として浮上したとき、警察は文江の娘たちに話を聞きに来たという。妹が担当医に殺されたと知ったら傷つくだろう、と思って伯父の自分には黙っていたらしい。今になって状況を知り、こうして法廷へやって来た。

「文江の苦しみを目の当たりにした者であれば、楽にしてやることが慈悲だと理解してもらえるだろう。苦しみを長引かせることこそ、非人道的で、残酷なことだ」

「神崎医師を恨む気持ちはありませんか」

「ない」

曾我は断言した。

「妹さんの意志はどうだったんでしょう」

曾我は天井を仰ぎ見ると、息を吐いた。間を置き、ゆっくりと法壇に視線を戻す。

「楽になることは文江自身の望みでもあった。生き地獄で苦しみ続けるよりは、安らかな最期を――。文江はそう願っとった。ホスピスと言えども、苦痛を完全になくすことはできない。通常の病院で延命のための治療を続けるよりはましでも、やはり苦しいものは苦しいのだ」

曾我は弁護士に訊かれるまま、文江の苦痛にまみれた入院生活を訥々《とつとつ》と語った。

苦しみを訴える彼女はあるとき、小枝のように痩せ衰えた脚を骨折した。深夜に目覚め、ベッドから降りて転倒したことが原因だった。寝たきりで介護が必要なのに、なぜそんな無茶をしたのか、誰にも分からなかった。文江は支離滅裂な話を感情的にまくし立てるだけだった。

その怪我《けが》を境に、認知症の症状は悪化の一途をたどった。誰かに怒ったことなど、幼いころの孫が面白半分で包丁を振り回したときくらいしか思い当たらないほど穏やかな彼女が、筋の通らない理由で頻繁に癇癪《かんしやく》を爆発させるようになった。

彼女自身が楽しかった思い出を忘れていくように、周りの家族も、その変貌ぶりで彼女との楽しい思い出が失われていくようで、心が苦しかった。

──最後まで幸せな人生だったと思わせて。

認知症の症状がましなときは、そう哀訴した。だが、症状が重いと、娘や孫の顔も見間違う。名前も忘れてしまう。彼女が彼女でいられなくなる。

──私が私でいられるうちに、お願い。

懇願は日々、強くなっていった──。

弁護士が神妙な顔で問うた。

「死はあなたと妹さん本人の切望であり、意志だったのですね」

曾我はうなずいた。

「記録のために言葉でお願いします」

弁護士に注意され、曾我ははっきりと答えた。

「そのとおり。死は唯一の救いだった」

横目で見やると、神崎医師はただ手元を睨んでいた。横顔には思い詰めた表情が窺える。

「神崎医師が殺人罪に問われていることをどう思いますか」

曾我は弁護士に顔を向けた。まぶたを伏せ、深呼吸する。法廷内の厳粛な空気が肺に冷え冷えと染み込む。

覚悟を決め、目を開けた。

曾我は法壇の面々を見据えた。

「間違っている。なぜならば、文江の命を奪ったのは他ならぬ私だからだ」

2

法廷にどよめきが起こった。初めて聞かされる告白に弁護士も目を剝いている。そう、事前の打ち合わせでは伝えていない。伝えたら法廷で告白の機会を与えられるか分からず、結果的に味方であるはずの弁護士にも不意打ちのような形になってしまった。

申しわけなく思う。

神崎医師も驚愕の表情を見せていたが、それは他の面々とは意味合いが少し違った。

曾我は弁護士の質問を待ち、彼を見返した。弁護士は絶句したままだ。

「裁判長！」女性検察官が慌てた様子で声を上げた。「このような証言があるとは聞いていません」

弁護士が平静を取り戻した。

「私も初耳です。しかし、これは重要な証言です。話を聞くべきだと考えます」

裁判長は渋面を崩さない。証言の機会を貰えるのかどうか、表情からは判断できなかった。

検察官と弁護士が緊張の面持ちで待つ。

「……分かりました」裁判長が口を開いた。「証人尋問を続けてください」

検察官が失望の表情で小さくかぶりを振った。

弁護士は深呼吸すると、動揺が滲む声で訊いた。

「あなたが妹さんを安楽死させた——ということですか？」

曾我は大きくうなずいた。

「ああ」

「神崎医師が手にかけたのでは？」

「違う」

曾我は当時の記憶を思い返した。穏やかさとは無縁で、ただただ怒りや絶望に取り憑かれていた当時の記憶を。

妹の苦しみうめく姿を見かね、曾我は神崎医師に訴えた。

「先生の手で眠らせてはくれないか」

神崎医師は痛切な顔をした。

「……痛みを完全に取り除けないのは、私たちの力不足です。それは申しわけなく思います。しかし、医師の手で命を縮めることはできません。ご理解ください」

「医者であれば、苦しまずに逝かせる方法を知っているはずだ。頼む。文江は苦しんでいる。死を願っている。これ以上の苦しみから解放してやってくれ」

「……終末期《ターミナル》ケアは人間らしい死を迎えることを支えるケアです。苦痛しかない延命治療を強いるのと同じで、安楽死も自然な最期とは言えません」

曾我は杖で床を突き、声を荒らげた。

「死を忌避するあまり、生き地獄を味わえというのか、先生。それこそ非人道的ではないか」

「少しでも楽になるよう、手を尽くしますので……」

曾我は失望し、かぶりを振った。

「医者は、命というものを尊重しすぎではないか」

神崎医師は理解しかねるように眉を寄せた。

「たしかに精いっぱい生き抜くことは大事だろう。しかし、死に時を決められない人生ほど恐ろしいものはない」

「……人為的に死を与えるのは殺人です」

神崎医師は苦渋が滲み出る口調で言った。できるならば〝殺人〟という強烈な単語を使いたくなかったのだろう。その部分だけ言葉が弱々しく、補聴器を付けていなければ聞き取れないほどだった。

「〝慈悲〟が必要なときもある」曾我は言った。「命を尊重するあまり、必要以上に苦しみを長引かせる――。それは生き地獄だ。『苦痛のない最期』こそ、ホスピスの理念なんじゃないのか」

「安楽死は一線を越えています。ホスピスの理念は、残された時間を少しでも苦痛なく過ごせるよう、手助けすることです」

「だったら安楽死も〝慈悲〟なのではないか」

「違います」

「何が違う？」

神崎医師は視線を病室の隅に逃がした。反論に困ったというより、言いにくいことを押し黙ったという様子だった。

「先生、何か言いたいなら、率直に願う」

神崎医師は小さく息を吐いた。

「……死が苦痛からの解放だからといって、苦痛に耐えられない患者を全員人為的に死なせるとしたら、何のためのホスピスでしょう。それではガス室と変わりません」

ガス室――。

戦争を知らない世代の神崎医師は、単なる強い比喩として持ち出しただけだろう。しかし、太平洋戦争を体験した人間には、ひどく生々しく聞こえた。

「すみません」神崎医師は頭を下げた。「曾我さんを傷つけるつもりはありません。しかし、安楽死はホスピスの理念の否定なんです。医師が手を下すわけにはいかないんです」

「文江自身が望んでいる。それが文江の意志でも叶えてはくれんのか？　自分の死に時くらい、自分で決められるべきではないか」

「……文江さんはご自身の記憶が曖昧で、話している内容も、妄想と現実が入り混じっています。安楽死の懇願が果たして正常な思考でなされたのか、医師にも分かりません」

「認知症であっても、死の意味くらい分かる。文江は本気で慈悲を願っている」

「……少し専門的な話をしますと、認知症外来を受診する方の五人に一人はうつ病性障害であると言われています。うつ状態に陥ると、悲観的になり、虚無感や自殺願望に囚われることが多いんです」

「文江は苦痛に耐えかねている。若者が命を粗末にしているのとはわけが違う」

「もちろんです、もちろんです。苦痛の緩和が不充分であることはとても申しわけなく思いますし、医師として心苦しいです。しかし、文江さんの希死念慮は、苦痛によるものなのか、思い出や記憶を忘れてしまう恐怖や絶望によるものなのか、判断がつきません」

「両方だろう。何の問題があるのか。苦しみの根源は多いほどつらいものだ」

「それはそうですが、文江さんの認知症の症状の重さを考えると、正常な認識があるとは思えません。なので――」

「認知症でなければ、希望を叶えてくれたというのか？」

「いえ、そういう意味では――」

神崎医師は眉間に困惑を刻んだ。

「先生――」曾我は懇願した。「文江の尊厳を守ってくれないか。人間らしい死を――」

神崎医師は下唇を噛み、渋面で床を睨んだ。

「頼む、先生……」

曾我は鳥打帽を脱ぐと、頭を下げた。

曾我は追想から法廷に戻ると、証言を続けた。

「私は何度、頼み込んだことか。しかし、先生は決して首を縦には振ってくれなかった」

「神崎さんは安楽死に反対していたんですか？」

「どれほど懇願しても、賛同はしてくれなかった。文江はこれほど苦しんどるのに見殺しにするのか、と感情的に訴えたほどだ」

「だからあなたが妹さんを？」

「そうだ。そうするしかなかった」

「ためらいはなかったんですか。法的には――」

殺人ですよ、とは言わなかった。安楽死が殺人罪なのかどうかを争っている弁護士としては、決して口にできない台詞だったのだろう。

「目の前で妹が苦しみ抜いていた。私は解放してやりたかったんだ。文江のあの苦しみに比べたら、仮に私が逮捕されたとしても、私が残り少ない人生を刑務所で送るつらさなど、些末《さまつ》なものだ」

告白を聞く誰もが息を吞んでいる。法廷内の空気が薄くなったように感じた。

「それに、この手を──」曾我は両手のひらを持ち上げると、鉤爪のように曲げた指を眺めた。「大事な人間の首にかけたのは、今回が初めてではない」

またしても法廷がどよめいた。

だが、驚くようなことを口にしたつもりはなかった。

曾我は文江の最期を思い返した。

文江は全身が衰弱し、呼吸困難に陥っており、何度も嘔吐していた。

『……死なせて』

断続的な呼吸の合間に吐き出される哀訴──。それは遠い昔の、過酷なソ連の地での地獄を思い出させた。

3

一九四八年一月のソ連シベリア──。

地中深くまで掘られた炭坑は、まるで地獄まで続くかのように深淵の闇を飲み込んでいた。土壁を補強している木材の支柱や梁《はり》は黒ずんでおり、ところどころが腐っていた。いつへし折れて崩落するか分からない。

曾我は大勢の日本人たちと列をなし、石油ランプで足元を照らしながら千段以上の階段を下りた。飢餓と疲労で立ち止まった者は、ソ連兵に銃剣で追い立てられる。最奥にたどり着くと、シャベルで石炭を掘り続けた。ソ連兵が見張っているので、サボることはできない。

粉塵《ふんじん》が舞う中で、一トン貨車五台分のノルマをこなす生活――。

一日の三分の二は地中で採掘作業をしている。空腹で眩暈《めまい》がし、咳は止まらない。作業着も肌も真っ黒にしながら、ひたすらシャベルを振るい続ける。

「絶対に生きて帰るんだ。絶対に――」

周りの日本人たちは、叶わない希望を口にし、気持ちを奮い立たせている。

「ソ連兵め。畜生、今に見ていろ」

憎悪を生きる糧《かて》にしている者もいた。

曾我はただただ心を殺していた。叶わぬ希望は澱《よど》んで絶望になることを知っている。憎しみや怒りは、奴隷と支配者という圧倒的な力関係の前ではどうせ長続きしない。

仄明かりに照らし出される薄暗い炭鉱内では、呼吸するたびに肺が汚れていくような息苦しさを感じる。

作業が終わると、千段以上の階段を上り、炭坑を出た。作業現場から捕虜収容所《ラーゲリ》まで、夜の闇が覆いかぶさる雪原を何キロも歩く。

白樺《しらかば》の樹林が見えてきたときだった。日本人の一人が隊列から飛び出し、ほうほうのていで駆けはじめた。ソ連兵の怒声が飛び、銃口が向けられた。

日本人は止まらなかった。白樺の木立ちを縫うように走る。

夜陰に紛れるように影と化した瞬間、断続的な銃声が轟《とどろ》き渡った。人影が海老《えび》反《ぞ》りになり、雪の上に倒れ伏した。ピクリとも動かない。

逃走を企てた人間の末路だった。

死に慣れ切ってしまい、誰もが無反応だ。隊列を乱さず、黙ってその光景を眺めていた。

やがてまた銃口に追い立てられて歩きはじめた。

捕虜収容所に着くと、木造の宿舎が身を寄せ合っていた。見張り台には防寒外套《がいとう》を着込んだソ連兵が立っている。銃口と共に監視の目を這わせている。

曾我は疲労困憊《こんぱい》で倒れそうになりながら、宿舎へ向かった。

なぜこんな地獄に落ちねばならないのか。

一九四〇年、開拓団として両親に連れられ、満州に移民した。最初こそ、国の喧伝どおり広大な土地と田畑があり、豊かな生活を送ることができた。だが、太平洋戦争がはじまると、あっという間に困窮した。

それでも、祖国のため、と歯を食いしばり、耐えてきた。

しかし、終戦直前、ソ連が満州に侵攻した。

満州や朝鮮半島や樺太《からふと》に在留していた日本人に対し、ソ連軍は『シベリア経由で日本に帰す』と嘘をついて貨車に詰め込み、ソ連へ強制連行した。抑留だ。

捕虜収容所に入れられ、強制労働がはじまった。

ソ連は戦争で疲弊した経済と産業の復興をはかるため、外国人捕虜の労働力を利用することにしたのだ。敗戦国の人間を強制連行してシベリアに抑留し、木材伐採や炭鉱労働、鉱山労働、建設作業を強制した。

日本人抑留者たちは最初こそ一致団結して君が代を斉唱し、戦没者への黙禱《もくとう》を行い、自分たちを鼓舞した。だが、過酷な現実に苦しみ、時と共にそのような元気も失った――。

曾我は木製階段を上ると、宿舎に入った。狭い小屋の中に十数人の日本人抑留者が詰め込まれている。

毛布を敷いた床には、苦悶の形相でうなされている男が寝ていた。傍らで看病しているのは妹の文江だ。

「恒兄《つねにい》……」

太平洋戦争末期、竜江省《りゅうこうしょう》の高等女学校に在学中だった妹は、三ヵ月の訓練で看護婦見習いとして働くことになった。その経験を買われ、捕虜収容所で看病を任されている。ソ連兵に辱《はずかし》められなかったのは、不幸中の幸いだった。

曾我は男を一瞥し、床にあぐらをかいた。同じ抑留者とはいえ、心配する精神的余裕など、もうなかった。過酷な炭坑での強制労働を終えたばかりなのだ。

曾我は干上がった喉を撫でた。氷漬けになりそうな体はがたがたと震え、腹は鳴っている。

「……恒兄は、大丈夫？」

文江が気遣わしげに訊いた。

答えるのも億劫《おっくう》だった。だが、無視はできない。

「何とか――な」

「無茶はしないでね」

乾いた笑いが漏れる。

サボれば殺される中で労働を強いられているのだ。自分の体を労わることなど、できるはずもない。

そのとき、当番の日本人抑留者が宿舎に入ってきた。

「今日の配給だぞ」

小屋の中の者たちに黒パンを掲げてみせる。全員の目の色が変わった。飢えた狼さながらだった。

へばっていた者たちが我先にと飛びついた。

「よこせ！　よこせ！」

年長の抑留者が「落ち着け！」と一喝する。軍人らしく、棍棒《こんぼう》で打ち据えるような響きがあった。だが、他の者たちの勢いは止まらなかった。

「やめろ！」

年長の抑留者が黒パンの塊を奪い取った。他の者たちを睨み回す。

「日本人としてみっともないと思わんのか！　浅ましい姿をソ連兵どもにあざ笑われたいのか！」

剣幕に気圧されたものの、一人が負けじと声を荒らげた。

「誇りじゃ腹は膨《ふく》れねえ！」

数人が「そうだそうだ！」と同調する。

年長の抑留者は困惑した。舌打ちすると、黒パンを突き出した。数人が一斉に手を伸ばす。

「よせ！」年長の抑留者が制止し、比較的おとなしい若者に黒パンを手渡した。「ほら、均等に切り分けてくれ」

若者は黒パンを受け取ると、全員が注視する中、慎重に切り分けはじめた。

「そこ、小さいぞ！」

「それ、大きすぎるんじゃないか？」

「俺はそれだ！」

文句や欲求が飛び交った。食事の時間はいつも殺伐とする。黒パンを切り分ける際に飛び散るパン屑《くず》も奪い合い、戦友の食料を盗み合うありさまだった。

曾我は進み出ると、パンを取り上げた。「一切れ、二切れ、三切れ——。

「おい！」一人が怒声を上げた。「ふざけるな！　一切れずつだろうが！」

殴り掛からんばかりの勢いだった。

「ま、待ってください」曾我は慌てて文江を指差した。「い、妹の分です」

「じゃあ、何で三つも取る！」

「い、いや……病人の分を、と……」

全員が病人をひと睨みした。男が汗まみれの顔を歪め、壊れた笛のような息を漏らしている。血を吐きそうなほどの咳が止まらず、苦しんでいた。

炭坑の粉塵の影響だ。一日の大半を地底ですごしていたら、肺も粉塵だらけになってしまう。

髭面の日本人抑留者が不快そうに言い捨てた。

「くたばっちまう人間の飯より、生きている人間の飯だろうが。それは誰が貰うか、決めようじゃないか」

数人が「俺にくれ！」と声を上げた。

曾我は目を泳がせた。困惑しながら病人のほうを一瞥すると、文江と目が合った。妹は哀訴の眼差しでこちらを見つめていた。立場上、出しゃばった発言はできないだろう。だが、言いたいことは充分伝わってくる。

奥歯をぐっと嚙み締めた。

病人に栄養が必要なのは分かっている。しかし、飯を食べたからといって、健康を取り戻せるわけではない。死がほんの少し先延ばしになり、苦しむ期間が長引くだけだ。

いっそのこと――。

曾我は文江から目を逸らした。

そもそも、二十一歳の若造の身で、他の年上の者たちに盾突くことなどできない。

曾我は息を吐き、一切れの黒パンを渡した。複数の手が千切るように奪い去ってしまう。

黒パンをめぐって争いがはじまった。

曾我は同胞たちをしり目に文江のもとへ戻った。自分の分の黒パンを齧《かじ》りながら、「ほら」と妹に差し出した。

文江は泣きそうな顔で曾我を見上げた。受け取ろうとしない。

「……食わないと倒れるぞ」

文江は病人を見下ろした。

「この人の分が……」

病人は咳き込むたびに血を撒《ま》き散らした。重篤であることは一目瞭然《りょうぜん》だ。

「酷だが、彼はもう――」

文江の悲痛な顔を見ると、最後まで言い切ることはできなかった。

「見殺しに――するの？」

曾我は顔を顰めた。

苦しみを長引かせないことが慈悲ではないのか。希望もなく、生き地獄に囚われている。

薬も与えられず、ただただ苦しみ続けるだけ――。

「……お前が倒れたら困る」

曾我は改めて黒パンを差し出した。文江はしばらく迷った後、受け取り、千切って病人に与えはじめた。だが、口に入れたとたん、咳と共に吐き出してしまう。

――貴重な飯を無駄にするな。

文江にそう忠告したかった。しかし、結局口にはしなかった。

曾我は黒パンを食べると、寝床に寝転がった。柱や板壁の隙間から南京虫《なんきんむし》が這い出し、血を吸われる。

食事は一日二食で、黒パンと水のような粥《カーシャ》が飯盒《はんごう》に半分、野菜スープが蓋《ふた》に一杯。木造平屋で生活する日本人抑留者は、木乃伊《みいら》同然に痩せこけていた。

帰国の目処も立たず、娯楽もない極寒の地だ。精神的に異常をきたす者も数多くいた。帽子や靴の中に排便したり、垂れ流したりする。

文江が看病していた病人は、朝起きたときには息絶えていた。

死は日常茶飯事で、励まし合った仲の同胞が翌朝には冷たくなっていたりする。

遺体は捕虜収容所の外に運び、雪の上に積み上げておく。埋めようとしても、凍りついた地面が硬く、掘ることができない。

このままでは、自分も――そして妹も、あと何日生きられるか、分からない。

毎日のように増えていく遺体を捨てるうち、曾我は文江と共に逃げる決意をした。

「ここから脱走しよう」

夜中、寝床から這い出し、妹に切り出した。薄闇の中で文江が目を見開いた。

「恒兄、何を言い出すの」

文江が身を起こし、囁き返した。その声は怯えを孕んでいた。

「このままここにいたら死んでしまう」

毎日毎日、今日は無事に生き延びられるか不安に押し潰されそうになりながら、炭鉱作業に従事している。

「逃げられっこない」文江が言った。「ソ連兵が大勢見張っているし、周りは雪原なのよ」

「遺体を捨てに行くときは見張りが付いてこない。そのときなら逃げられる」

「でも、同胞を見捨てるの?」

妹の言葉は胸をえぐった。

だが――。

「俺たちの命のほうが大事だ。一緒に逃げよう」

4

シベリアの大地では吹雪が荒れ狂っており、雪原が地平線まで広がっていた。地鳴りのような雪嵐の轟音の中、腰の飯盒がガチャガチャと鳴る音が混ざっている。

こん畜生め――。

曾我は体を防寒外套に包み、歩き続けていた。一歩を踏み出すたび、革の長靴《ちょうか》を履いた足が膝まで深雪に没した。持ち上げるのに相当な力を要する。

灰白色の大地を引き裂くように吹雪が走り、逆巻いていた。顔に大雪の粒が叩きつけ、目を開けていられなかった。雪煙のせいで数メートル先の視界もおぼつかない。雪にまみれた防寒外套を通し、零下四十度の冷気が痛みを伴って突き刺さってくる。

「もう歩けない！」

後ろから泣き言が聞こえた。足を止めて振り返る。文江が小柄な体を丸めていた。両足を雪に沈め、両手をついている。毛皮のフード内の顔は白く凍り、眉や睫《まつげ》には氷の粒が付着している。

「頑張れ！」曾我は妹の両肩を摑んだ。「生きるためには、歩くしかないんだ」

文江は首を横に振り立てた。

「もう無理……」

「しっかりしろ！　俺たちは生き抜くんだ！」

文江は苦しげにうめき、力なくうなずいた。

曾我は凍りつきそうな鼻を揉んだ。そうしなければ、粘土細工のようにもげてしまいかねない。

按摩《あんま》をするうちに血流が促され、感覚が戻ってきた。

安堵の息を吐くと、防寒外套の懐から水筒を取り出した。蓋を開け、口の上で傾ける。雪片がポロポロとこぼれるだけだった。

こん畜生め！

水筒を叩きつける。雪の中に突き刺さり、埋まる。

もう何日も極寒の大地を歩き続け、吹雪がやんだ合間に雑嚢《ざつのう》を枕にし、防寒外套を頭から被って眠る生活をしている。水が尽きてからは水筒に雪を詰め、懐の熱で溶かして飲んでいた。だが、今は猛烈な吹雪のせいで雪が溶けていない。

逃走に備え、ただでさえ一日二食しか与えられない黒パンを毎日節約して保存しておいた。だが、それももうない。

曾我は文江の手を取り、歩きはじめた。

命からがら逃亡したのだ。こんなところでくたばるわけにはいかない。

妹と共に捕虜収容所を脱出できて喜んだのもつかの間、シベリアの大地は満州に負けず劣らず広大だった。しかも、一面の雪原だ。飲食物も尽きた今、長くは生きられないだろう。

「希望を捨てれば楽になる。だが、それは死ぬ間際でいい。生きてる間は希望を持つんだ」

時間の感覚も忘れたまま歩き続けた。必ず生きて祖国へ帰るんだ、と言い聞かせながら。

だが、ついに文江に限界が訪れた。崩れ落ちるように倒れ、身を起こせなくなった。

曾我は妹を抱き起こした。

文江の額に触れてみる。雪も溶かしそうなほど熱かった。思わず手のひらを離した。

クソ、高熱が――。

休める場所はおろか、薬さえない。

「恒兄……」文江は吹雪に掻き消される声で言った。「私のことは置いて行って」

「馬鹿言うな！　一緒に祖国の地を踏むんだ。約束しただろ！」

「私は足手まといになるから……」

「見捨てるもんか。絶対に見捨てないからな！」

妹を失ったら何のための逃亡なのか。

看護婦の役目を担わされていた妹は、炭鉱労働を強いられていた者よりも安全で、留まったほうが長生きできる可能性が高かった。無理に説得して連れ出したのだから、何が何でも助けなければならない。

「俺が負ぶってやる」

曾我は文江のフードを覆う雪を払ってやると、背を向け、しゃがみ込んだ。

「でも――」

申しわけなさそうな声がする。

曾我は首を後ろに回した。

「一緒に生きて帰る」

「恒兄……」

「ほら」

呼びかけると、文江はおずおずと近づいてきた。

「ごめん、恒兄……」

「二人きりの兄妹だろ。日本へ帰るぞ」

曾我は文江を背負った。脚絆《きやはん》——脛《すね》に巻く布——を取り出し、自分の両肩から彼女の下肢へ回すと、三角巾状に尻を支えてやった。首に強くしがみつかずにすむため、腕への負担が軽くなる。負傷者を負ぶって長途の移動が必要な際の方法だった。同胞から教わった帝国陸軍式だ。

積雪に足を埋めながら白一色の大地を進んだ。情け容赦ない雪の奔流に体が押し返される。悲鳴を上げる筋肉を気力で黙らせ、足を踏み出した。

無数の氷の牙が顔に嚙みつく。皮膚が削ぎ落とされそうだ。

吹雪の金切り声は、死霊のうめき声のようだ。息絶えれば、自分たちの無念の叫びもこの中に混ざるのだろうか。

——負けるものか。

息を吸うたび、冷気が喉を焼いた。皮膚の感覚もなくなり、ときおり、鼻や唇がまだそこにあるか確かめねばならなかった。

一時間か、二時間か、歩き続けたときだった。吹雪の幕の先に林を見つけた。高さ三十メートルほどの白樺の木々が林立している。生い茂る灌木《かんぼく》や枯れ草は風に押しひしがれていた。

「吹雪をしのげる場所があるかもしれない」

曾我は白樺の木々を縫いながら歩いた。

林の奥に踏み入ると、木造の小屋を発見した。屋根に雪が積もり、入り口のドアが数十センチの積雪に埋もれている。

ソ連兵がたむろしているだろうか。

曾我は警戒しながら小屋に近づくと、雪片がこびりついた小窓を覗いた。無人だった。表面が剝げた木製の机、脚が折れた椅子、藁《わら》の束――。人が生活している気配はない。

「吹雪がやむまで休もう」

入り口の雪を蹴散らし、ドアを開けた。風雪が吹き込み、藁が小屋内を舞う。中に入ってドアを閉める。

曾我は文江を横たえると、あぐらを搔き、防寒外套に付着した雪を払いのけた。

「……大丈夫か？」

目を向けると、文江が死人さながらの白い顔を上げ、縋るような瞳を見せていた。

「うん、ありがとう、恒兄……」

ほほ笑みは弱々しく、顔面蒼白で、体も震えている。手を握ると、体温が全く感じられない。

「寒い……」

曾我は小屋の中を見回した。暖炉が目に入る。

「待ってろよ、文江」

暖炉に近づき、中を覗き込んだ。木炭が残っている。

燃やせるものがあれば——。

曾我は小屋の中を歩き回り、壊れた椅子の脚や、放置されている薪《まき》三本を見つけた。暖炉の中に放り込み、火を探した。机の上に燐寸《マッチ》があった。

燐寸を擦り、藁を燃やして薪に火を点けた。赤々とした炎が燃え、炭の匂いが立ち込める。

「文江、こっちで暖まろう」

曾我は妹を抱きかかえ、暖炉の前まで運んだ。炎が揺らめき、彼女の顔を赤色に染める。

「暖かい……」

力なくつぶやいた声は、炎が爆《は》ぜる音に掻き消されそうだった。

曾我は妹の傍らに座り、見守り続けた。

5

腕組みしながらこくりこくりと舟を漕ぎはじめたとき、物音が耳に入り、一瞬で意識が覚醒した。

曾我は出入り口に目を向けた。木製扉が開き、吹き込む吹雪の先に人影が立っていた。

寝入りばなの不意打ちだったものの、曾我は危機感に駆り立てられ、跳ね上がるように立ち上がった。

「だ、誰だ！」

内心の不安や弱気を悟られないよう、攻撃的に叫んだ。身構えたまま、視線を辺りに這わせる。

武器になる物は何かないか――。

曾我は火掻き棒を目に留めると、すぐさま手に取った。構えて相手を睨み据える。

人影は――女性だった。

曾我は警戒心を緩めぬまま、文江を守るように移動した。

防寒着のフードを被った女性が進み入ってきた。胸に薪を抱えている。

「あ、あのう……」

思いがけず日本語を聞いた。

「日本人――なのか?」

話しかけると、女性はフードを取り去った。たしかに日本人だった。年齢は妹と大して変わらないだろう。

曾我はようやく警戒心を緩めた。

日本人女性は首を動かし、暖炉の前で寝込んでいる文江を見やった。心配そうに眉を寄せる。

「あなた方は――?」

曾我は文江を一瞥した。

「俺たちは――」

捕虜収容所から逃げてきた話をすれば、密告されるかもしれない。ソ連では密告が横行している。同胞だからといって、気を許してはいけない。

「……食糧の買い出しに出たら、吹雪で迷ってしまって。さ迷い歩いていると、ここを見つけた。それで暖を取ろうと」

「そう……だったんですか」

「君は？」

日本人女性は思い詰めた表情で視線を逃がした。眉間に皺が寄り、唇は固く結ばれている。

「こんなところに一人で――？」

曾我は小屋の中を見回した。机や椅子などの家具類は乱雑に散らばり、生活感がない。だからこそ、打ち捨てられた小屋だと思い、一時的な避難先に使わせてもらうことにしたのだ。

「……はい。私一人で住んでいます」

彼女はそれ以上何も語らず、黙り込んでしまった。

わけあり――か。

気まずさを誤魔化すように、彼女は訊いた。

「その女性は？」

「妹だ。熱を出してる」

彼女は文江に歩み寄り、傍らに膝をついた。心配そうに手で触れる。

「ひどい熱……」

「今にも死にそうなんだ。薬はないか？」

彼女は残念そうにかぶりを振った。

「じゃあ、栄養を摂れるものは？」

彼女は小屋の奥のほうを見た。

「……パンとスープが少し」

「分けてもらえないか」

彼女は顔に当惑を浮かべた。

「厚意に縋るしかないんだ。頼む。妹の分だけで構わない」

「あ、いえ、もちろん二人とも、食べてください。ただ、妹さんが食べ物を口にできるか心配して……」

彼女は奥へ行き、しばらくして戻ってきた。スープが入っている皿とパンが載った皿を持っている。床の上に置き、文江を見る。

「起きられますか？」

文江は熱っぽい息を吐きながら、彼女を見つめ返した。訴えるような眼差しだ。

「……分かりました。横になっていてください。でも、少しは栄養を摂ったほうがいいです」

彼女はスプーンでスープを掬《すく》い、文江の口元に運んだ。唇がわずかに開く。

「さあ、飲んでください」

彼女は口に流し込むようにした。少しずつ飲ませたものの、含みきれなかった分がこぼれ、口元を伝う。

曾我は拳に力を入れた。

妹にとって、脱走は正しかったのか。吹雪く雪原を歩き、結局、病に倒れてしまった。収容所にいれば、看護婦役として当分は無事でいられただろう。

捕虜収容所を脱出したのは、所詮《しょせん》、自己満足だったのではないか。強制労働を強いられる同胞たちを看病していた妹が逆に病に侵され、倒れるはめになるとは――。

曾我は、苦しむ文江を見つめながら後悔を噛み締めた。

6

三津子《みつこ》と名乗った日本人女性は献身的に看病してくれたものの、文江の病状は一向に良くならず――それどころか、日増しに悪化していくばかりだった。

ぱちぱちと炎が弾ける暖炉の前で、曾我は文江を見守っていた。握り返す力もない妹の手をしっかり握り締める。

生まれて初めて神仏に祈った。

出入り口の扉が開き、薪を抱えた三津子が白い息を吐きながら戻ってきた。

「具合はどうですか」

曾我は小さくかぶりを振った。

「そう――ですか」

三津子は暖炉に薪をくべていく。弱まっていた炎の勢いが盛り返した。

「少しでも暖かくしてください」

「ありがとう」曾我は文江を見た。「だが、このままじゃ――」

文江は咳が止まらなくなっていた。長引く高熱で、肺病を併発したのかもしれない。粉塵が舞う炭坑で作業していた者たちと同じ症状だ。

三津子が対面に腰を下ろしながら、神妙な顔つきでうなずいた。

曾我は暖炉の炎を眺めながら口を開いた。

「こんなことになるなら……俺が死んでいればよかった……」

「え？」

三津子が戸惑いがちに訊き返した。

「……俺が妹を吹雪の中に連れ出したんだ、捕虜収容所から」

三津子がはっと目を瞠った。

「収容所って――」

曾我はまぶたを伏せると、捕虜収容所での強制労働生活を語った。吐き出さずにはいられなかった。

「――同胞は毎日のように命を落とした。過酷な労働と肺病で。埋められない遺体が山積みになっていく毎日に絶望し、妹と二人で逃げる決意をしたんだ」

三津子が同情したようにうなずく。

「収容所にいたら、あと何日生きられるか、分からなかった。だが、妹を連れて逃げなければ――自分が遠くない死を受け入れていれば、妹は病に侵されずにすんだかもしれない」

曾我は文江の二の腕に触れた。妹が吐く熱い息には死が纏わりついているように思えた。

「生きたいと願うのは――」三津子は眉間に苦悩の皺を作った。「人間の本能ですから」

曾我は彼女を見た。

「君はなぜこんなところに？」改めて訊いた。「家族は？」

三津子の瞳は濡れていた。答えてくれないような気もしていたが、彼女は口を開いた。その口調は静かで、しかし、悲しみが籠っていた。

「……ソ連兵に皆殺しにされました」

打ちひしがれる姿は痛々しかった。

「そうか……」

かける言葉もない。

「曾我さんと同じです。大勢の日本人と一緒に満州で強制連行されて、ソ連に連れてこられたんです。両親は私がソ連兵に森へ連れて行かれそうになったとき、助けてくれようとして――殺されました。銃で撃ち殺されたんです」

「ひどい話だ……」

「そして私は森でソ連兵に――」

彼女は言いよどみ、視線を落とした。言葉にしなくても、ソ連兵たちに何をされたか、想像するに余りある。

「話さなくていい」

三津子は唇を開いたものの、何も言わず、泣き顔でうなずいた。拳が膝の上で震えている。

しばらく薪が爆ぜる音を聞いていた。

「……ソ連兵たちは私が死んだと思ったのか、森の中にそのまま放置していきました。私は何度も舌を噛み切ろうと思いました。でも、できず、さ迷い歩いてこの小屋を見つけて、今も生きてしまっています」

生きて虜囚の辱めを受けず——か。

生きたくても生きられなかった者もいれば、死にたくても死ねなかった者もいる。

「薪を集めて戻ったとき、ソ連兵が舞い戻って来たのかと思いました。それなら今度こそ、目の前で死んでやろう……と」

彼女の眼差しには悲愴な覚悟が宿っていた。

「生きて日本に帰りたいとは思わないか？」

「……もう日本には帰れません」

「なぜ？」

三津子は自嘲と悲嘆が入り混じった表情で床を睨んだ。小屋の窓を吹雪が叩き続けている。

やがて彼女がつぶやくように答えた。

「生き恥です。ソ連兵に捕まった女がどんな陰口を言われるか……私には耐えられません」

日本に帰ることができたとしても、生きづらいだろう。

「私はここで死ぬつもりです」

黒い瞳が諦念に揺れている。

「……君に死んでほしくない」

「え？」

「君は俺たちの命の恩人だ」

「私は何も。文江さんはこんな……」

命の恩人――。

自分の言葉に苦笑が漏れる。

何も助かっていないではないか。吹雪はいまだやまず、文江の命の灯火は今にも消えそうだ。

沈黙を破るように、三津子が「食事を持ってきます」と立ち上がった。

三津子は奥へ行き、二人分の粥を持ってきた。文江はもう食事を摂ることもできなくなっている。

「食料が――もうあまりありません」

曾我は天井を仰いだ。嘆息しながら彼女を見る。

「……すまなかった」

三津子が「え？」と顔を向けた。

「余計な人間が転がり込んできて、食料を減らしてしまった」

「……いえ」

「俺たちがいなければ、君一人でもう少し食えただろうに」

「どうせ私は長く生きるつもりはありませんでしたから」

「悲しいことを言うな」

「打ち捨てられた小屋で一人、残されたんです。吹雪の中を歩いて生き延びる自信もありません。どうせ、何もできません」

「……近くに町はないのか？」

「遠くです」

「方角は分かるか？」

三津子は少し悩んだ顔をし、南を指差した。

「たぶん、何日も歩かないといけません。ソ連兵に捕まったときは、トラックで丸一日、走ってきました」

曾我は唇を噛んだ。

病気の文江を連れて町へ向かうことは不可能だ。後は全員で緩慢な死を待つだけ――。沈鬱な沈黙がのしかかってくる。

「恒兄……」

文江が咳き込みながら口を開いた。

曾我は取り縋るように妹の腕を摑んだ。

「どうした、文江」

妹は儚い微笑を浮かべた。

「私はもう……いいよ」

諦め切った台詞に胸が掻き乱された。返す言葉に詰まる。だが、沈黙は肯定だと気づき、慌てて否定した。

「弱気になるな」

「もう無理だから」

「一緒に日本へ――」

「苦しいよ、恒兄……」

虚ろな目は焦点を結んでおらず、ただ天井を睨んでいる。何かを見ているのか、それとも何も見ていないのか。

「楽に――して」

楽に――。

その意味は分かる。分かりたくなくても分かる。捕虜収容所では、病人の誰もが最後にそう懇願した。

希望がない永久凍土の地獄で奴隷にされる毎日。このまま苦しみ続けなければならないなら、いっそ、人間らしさを保っているうちに――と誰もが願う。本心では、きっとみんな、同胞と黒パンひとかけらを奪い合ってまで生きたくはないのだ。

人間性を失うか、逃げるか、死ぬか。

選択肢は限られていた。一か八かの賭けで脱走した結果がこれだ。

――苦しみを長引かせることこそ残酷だ。

自分自身、病人の看病をしている妹に何度も言った言葉――。

妹は決して同意しなかった。生きていたら必ず希望はある、と反論し、看病し続けた。病人を治そうとした。救おうとした。

炭鉱作業の過酷さを体験していない人間の綺麗事としか思えず、声を荒らげたこともある。

だが、今は――。

逆だった。妹が死を願い、自分が反対している。

所詮、赤の他人だからこそ、苦しみもがく病人に対して、楽にしてやることこそ慈悲だ、と主張できたのかもしれない。それとも、捕虜収容所という監獄を脱出してわずかでも希望が見えたから、諦められず、生に縋ってしまうのだろうか。

今はただ、妹に死んでほしくなかった。

ましてや、自ら命を奪うなど――できるはずもない。

「恒兄……これ以上苦しめないで……」

苦しめないで――。

文江を苦しめているのは誰なのか。痛みよりも、死を拒否する兄の無慈悲が原因なのか。

それならば――。

曾我は三津子を見た。目と目が合う。

彼女はこちらの気持ちを察してくれたのか、表情を強張らせながらも、無言で立ち上がった。背を向け、奥へ去っていく。途中で立ち止まり、後ろ髪を引かれるように振り返った。だが、何も言わず、姿を消した。

二人きりになると、曾我は文江を見つめた。彼女は咳き込みながらもほほ笑んでいる。全てを悟ったように。

「楽に――してやる」

曾我は文江の首に手をかけた。だが、触れるだけで、力を入れることはできなかった。

シベリアの凍土も融《と》かしそうなほど目頭が熱くなり、思い出があふれてくる。

渡満して広大な大地のコーリャン畑で鬼ごっこをし、トウモロコシの早食い競争をした。一緒に日本の童謡を唄《うた》った。家族全員、笑顔が絶えなかった。

指に力を込めると、妹はぐっと息を詰まらせ、目玉を剝いた。嚙み締めた歯が剝き出しになる。苦悶の形相で声なきうめきを漏らす。

――赦してくれ、文江。

妹が喉を潰された獣のような声を発した。

曾我は――指の力を緩めた。緩めてしまった。一度ためらうと、もう力を込めることはできなかった。

喉から手を放すと、妹が激しく咳き込んだ。血が混じった唾が飛散する。

「恒兄……」

しゃがれた声だった。

曾我は視線を逸らした。

「ど、どうして……」

「すまん……俺にはできない。赦してくれ」

今度は、命を奪うことへの謝罪ではなく、楽にしてやれなかったことへの謝罪だった。

曾我は床板に拳を叩きつけた。

「できない。俺にはできない……」

妹は絶望のどん底に突き落とされたようにうめいた。

文江がどんなに苦しんでも、もう首に手をかけることはできなかった。

深夜になると、夜通しの看病疲れで意識が揺らぎ、まぶたが重さに負けた。夢うつつの中、管に泥水が詰まったような異音が耳に入り、薄闇の中で目が開いた。
「文江――？」
かたわらの妹は顔がなかった。
いや、違う。顔が真っ黒の影に塗り潰されていた。
曾我は慄然とし、蠟燭《ろうそく》に火を灯した。揺らめく炎の明かりが文江の顔を照らし出した。
文江の顔は――どす黒い血で染まっていた。
何が起こったのか。
咳き込むたび、大量の血が散った。噴き上がるようにし、顔にべちゃっと落ちる。
文江が咳をする瞬間、開いた口の中が覗いた。
舌が――千切れていた。
おぞけが虫の大群のように全身を這い上がってきた。
妹は舌を嚙み切っていた。
「文江！　文江！」
曾我は半狂乱になって叫び立てた。
壊れた笛のような断続的な呼吸音――。
嚙み切った舌が喉に詰まって窒息しているのだ。まるで生きながら手足を切断されているかのようなもがき方だ。
妹は——苦しみ抜いてシベリアで死んだ。

7

語り終えたとき、法廷は静まり返っていた。

曾我は天井を仰いで息を吐くと、また法壇に目を戻した。誰もが息を詰めているのが分かった。

我に返った弁護士が震えを帯びた声で言った。

「妹さんは——シベリアで亡くなったんですか？」

曾我は「ああ」とうなずいた。

「待ってください！　では、天心病院であなたが殺したのは一体誰なんですか」

曾我は覚悟を決めるために間を置いた。

「……三津子だ」

法廷に動揺の波が広がった。初耳だった神崎医師も、細い眉に困惑が表れている。

——後悔しているんですか？

文江が命を絶った後、小屋を出て雪原を歩いているとき、三津子が背中から問うた。

　――文江はもしかしたら俺たちを生かすために死を望んだのかもしれない。看病していたら共倒れだ。もしそうだとすれば、俺が殺したも同然だ。

　自問したことは、昨日の出来事のように思い出せる。

　弁護士が質問した。

「一体なぜ三津子さんが文江さんになったんですか」

「三津子は日本に帰ることに怯えていた。生き恥を晒《さら》すくらいならシベリアの大地で死んでもいい、と……」

　実際、ソ連から帰国した女性たちは奇異と好奇の目で見られ、ソ連兵に何をされたか、興味本位で噂された。だからこそ、女性の抑留者の存在はほとんど新聞で語られなかった。

「私は彼女を説得した。一緒に生きて日本へ帰ろう、と。後で知ったのだが、一年ほど前から抑留者の帰国がはじまっていてな。運が良かった。私たちは帰国できたのだ」

　記憶を思い返すと、今でも感極まる。

　身寄りがない彼女が世の中の差別的な眼差しの中、一人で生きていくのは困難だった。

だから、妹の文江として——家族として受け入れた。

「私は——」曾我は感情を吐き出した。「妹を——〝文江〟を二度、殺した」

天心病院で〝文江〟が苦しんでいた。末期のがんと認知症、肺炎、弱った心臓——。健康な部分を探すほうが難しく、緩和ケアにも限界があった。

彼女は認知症の『失認』という症状で、プリンも食べ物と認識できず、食事も難しくなっていた。看護師が口に含ませたとしても、『失行』という症状のせいで、咀嚼《そしゃく》して舌で飲み込む動作も分からない。

健康だったころは美味しい洋菓子が好きだった彼女だが、もはや、好きな物を食べるという当たり前の幸せも人生から失われてしまった。それがあまりにも不憫《ふびん》だった。

肺に砂を詰め込まれたように咳き込み、体じゅうの筋肉を引き攣らせ、うめくばかり。見舞いの最中に彼女は心不全を起こし、胸を押さえて掻き毟った。神崎医師と看護師が駆けつけ、発作はおさまったものの、皮膚には鉤爪で引っ掻いたような傷が走り、爪のあいだに血にまみれた皮膚片が詰まっている。

思い出も忘れ、食事も楽しめず、苦痛しか存在しない生に一体どれほどの意味があるのか。

——あのとき、シベリアで私にできなかったことを、お願い。

〝文江〟が病床で口にしたその懇願で、曾我は意を決した。

彼女は充分に生き抜いたではないか。家族共々シベリアに強制連行され、両親が銃殺されたあげく、辱められた。死を望みながらも、文江の死が考えを変え、生を望み、雪原を歩き続けた。祖国に戻ってからも苦労は多かったが、二人の子をもうけ、四人の孫に恵まれた。

〝文江〟は辛苦を乗り越え、笑顔が絶えない人生を送った。それなのに、最後の最後は床《とこ》で苦しみにうめき、あのシベリア抑留時代のような地獄をまた味わわなければならない——。

あまりに残酷ではないか。

楽しい思い出と共に終わらせてやりたい。

それこそが〝慈悲〟だった。

「……終わりにしよう」

決意を告げると、〝文江〟は苦悶に歪んだ顔に一瞬だけ安らかなほほ笑みを浮かべた。

曾我は枕を取り上げ、彼女の顔に押しつけた。何とも言えない震えが腕を走った。

彼女が人工呼吸器で生かされていたなら、取り外すだけで事足りるのだが——。

自ら手にかけなければ、楽にしてやれない。

深呼吸し、老骨に体重を乗せた。枕が顔全体にめり込み、体温を感じられそうなほどだった。

入院してからはほとんど動かすことがなかった〝文江〟の手足が、ばたばたと暴れはじめる。

病魔ではなく、人間が——自分が苦しみを与えている現実に、躊躇する気持ちが芽生える。

だが——。

ためらえば〝文江〟の苦しみを長引かせるだけだ。あのとき、ためらった結果どうなった？　妹に苦しい自決をさせてしまった。どれほど怖かっただろう。どれほど痛かっただろう。どれほど苦しかっただろう。

心を鬼にして枕を押しつけ続けた。

鬼——。

自分は仏なのか、鬼なのか。

答えを出せぬまま、両腕に力を入れる。〝文江〟の肉体的な抵抗が次第に弱まっていく。

——苦しみはこれで最後だからな。

——赦してくれ、今度は楽にしてやる。

曾我は〝文江〟の動きが止まるまで、力を決して緩めなかった。死に切れなければ苦痛が引き延ばされるだけだ。

ついに抵抗が途絶え、〝文江〟は息絶えた。

曾我は恐る恐る枕から手を放し、一歩、二歩と後ずさった。不整脈を引き起こしそうなほど鼓動は乱れている。

七十年前に実行できなかったことを今、実行した。もう二度と後悔しないために。

だが、なぜおぞけに襲われるのか。感情が掻き乱されるのか。

曾我は〝文江〟を凝視した。

枕が覆っていて彼女の死に顔は分からない。それは救いなのかもしれない。

だが、ずっとこのままにはしておけない。

曾我は近づき、枕に触れた。下に隠れている顔を見るのが怖い。苦悶にうめいたまま固まっていたら――。

怯えを孕んだまま枕を取り上げた。〝文江〟の顔が現れた。その表情は平穏とは程遠く、最期の瞬間の苦しみがはっきりと刻まれていた。

曾我は恐れおののいた。

〝文江〟の死に顔を前にし、初めて自分の行為に疑念を抱いた。

死は安楽でも平穏でもなかった。苦しみに満ちあふれた最期だった。

だが――。

唯一の救いは、もう二度と――もう二度と！　〝文江〟は苦しまずにすむ、ということだ。

そう考えるしかなかった。

曾我は〝文江〟のまぶたに触れ、優しく閉じさせた。苦悶の形相のままだと、死してなお、苦しんでいる気がして、耐え難かった。

ノックがあったのは、そのときだった。様子を見に来た神崎医師だ。

彼は立ち尽くす曾我を見た後、目を剝き、〝文江〟に駆け寄った。慌ただしく容態を診はじめる。

ホスピスとしては、苦痛のケアを最優先するため、手術や抗がん剤、放射線などの積極的な治療だけでなく、心臓マッサージなどの延命処置も行わないという。

神崎医師は瞳孔や脈などを確認していった。

曾我は心臓の高ぶりを意識しながら、握り拳を作り、神崎医師の一挙手一投足をじっと見つめていた。

神崎医師は〝文江〟の口元を診ると、眉を顰めた。脇に置いてある枕に目をやる。

曾我は釣られて枕を見た。神崎医師の視線が向けられているのは、唾液で濡れて変色している部分だった。

神崎医師がはっとして振り返った。視線が絡み合った。彼の表情に動揺が窺える。

曾我は身構えた。

病室で何があったか――〝文江〟に何があったか、彼は感づいた。感づいてしまった。

だが、神崎医師は何も言わなかった。沈黙の重さが息苦しさとなる。

やがて、彼は緊張に強張った顔で静かに息を吐いた。

「……ご臨終です」

神崎医師は続けて何かを言いたそうな顔をした。だが、口はつぐんだままだった。

曾我は〝文江〟の遺体を眺め、独り言のように口を開いた。

「……これで良かったんだ」

そう確信しているのに、頰を濡らす液体の熱さは何なのか。

「曾我さん」神崎医師が言った。「文江さんは死によって救われたと思われますか」

非難の口ぶりではなかった。現実を受け入れたうえで、彼自身、答えを欲して問うているように思えた。

「先生……」

曾我は神崎医師に濡れた目を向けた。真っすぐ見つめる。霞《かす》んだ視界でも、苦渋が滲んだ彼の眼差しと対面した。

「妹が救われたのか、救われなかったのか。その答えは先生に委ねようと思う。私は先生の答えを受け入れる」

　曾我は神崎医師に頭を下げた。

　それはつまり、告発されれば罪を認める覚悟であった。だが、結局、神崎医師は今に至るまで——いや、今に至っても真実を胸に秘めている。

　曾我が告白すると、弁護士が慎重な口ぶりで訊いた。

「今の証言に間違いはありませんか」

「うむ。事実をありのまま話している」

　弁護士から聞いた話によると、〝文江〟の死の不自然さは、担当の男性看護師が感じていたという。神崎医師は呼吸不全として診断書を書いていたものの、差し迫った死の兆候が表れていない中での急死だったので、気になっていたらしい。そこで神崎医師による別の患者への安楽死疑惑を知ったとき、「もしかしてこのケースも……」と申し出た。

　神崎医師が罪を否定しなかったため、警察は人為的な死だった状況証拠を積み上げ、〝文江〟も彼が死に至らしめたと判断した。

　神崎医師に庇《かば》われていたことが心苦しい。

「神崎医師はあなたのしたことに気づいたんですか？」

目線を移すと、神崎医師は唇を引き結び、苦悩が滲み出た眼差しで足元を見据えていた。

曾我は一呼吸置いてから答えた。

「間違いない」

女性検察官が「異議あり」と手を挙げた。「それは証人の憶測にすぎません」

弁護士が反論した。

「真実を解き明かすには必要な質問です」

裁判長はしばし思案する間を置き、「証人尋問を続けてください」と言った。

弁護士が向き直る。

「曾我さんの証言が事実ならば、神崎医師は、あなたが文江さんを――便宜上そう呼びます――安楽死させたことを知りながら、自分が実行したと疑われても口をつぐんでいたことになります」

「うむ」

「常識的に考えて不自然では？」

「そうかもしれんな」

「神崎医師はなぜそんなことをしたと思いますか」

神崎医師はまぶたを伏せていた。全てが公の場にさらけ出されることをもはや止められず、諦めたかのように。

なぜか。

ホスピスの去り際、神崎医師が口にした言葉が脳裏に蘇る。

——私の力不足で、文江さんに多大な苦しみを与えてしまいました。お許しください。何よりあなたにも……。

枕で〝文江〟の命が奪われたことを知りながら発した謝罪であれば、その意味するところは分かる。

奇《く》しくも、神崎医師は自分がシベリアで抱いた後悔と同じ思いを噛み締めていたのだ。

緩和ケアを提唱しながら、患者の苦痛を満足に取り除けず、このような結果を招いた無力感と罪悪感もあるだろう。

曾我は自分の考えを話した。

見ると、神崎医師と初めて目が合った。彼は顔を上げ、こちらを見つめている。その表情には深い懊悩《おうのう》が表れていた。

神崎医師が胸に秘めた想いを語ることがあるのだろうか。

曾我は神崎医師の顔から目を離せなかった。瞳に映る彼は、鏡の中の自分でもある。

だからこそ、胸の内にある苦悩が理解できる。正しいことをしたと自分に言い聞かせても、悔恨は付き纏う。おそらく、生きているかぎり。

鏡映しだからこそ、今さら神崎医師に語りかけるべき言葉はなかった。

曾我は黙ったまま法壇に向き直った。

8

木枯らしが墓場の枯れ葉を舞い上げ、裸の枝が震えていた。一帯に御影石《みかげいし》の墓石が建ち並んでいる。

曾我は〝文江〟の墓石の前に折り畳み椅子を置き、ゆっくりと腰を下ろした。

法廷で全てを告白してから二日。高齢で、逃亡の恐れもない、ということで、逮捕はされずにいる。警察や検察からは後日改めて事情を伺います、と言われていた。今さら罰を恐れることなど何もない。

曾我は墓と向き合った。

帰国してから約七十年。充分生きた、自分も、〝文江〟も。

本当ならば、七十年も前にシベリアの永久凍土で息絶えていてもおかしくなかった。しかし、幸運にも生き延びることができた。帰国後もこの歳まで大病とは無縁で、家族も得た。

何も後悔はない。

シベリアで文江に苦しい自決を選ばせてしまった以外は。

曾我は目を閉じ、〝文江〟との思い出に浸った。気がつくと、頬に冷たい感触を覚えた。

目を開け、天を仰ぐと、粉雪が舞い落ちていた。〝文江〟の墓石にうっすらと積もりはじめている。生きている人間の肌と違い、体温ですぐに融けることもない。

曾我は手を伸ばし、墓石の雪を払ってやった。

――寒くはないか、〝文江〟。

シベリアの吹雪に比べたら、ただ、美しい。

雪が舞い散る墓場で、曾我は再び目を閉じ、いつまでも〝文江〟の墓と寄り添っていた。

第五話　償う命

1

白血病は強力な化学療法を行えば、七、八割は完全寛解《かんかい》に至る。だが、高齢者になればなるほど、その確率は下がるという。化学療法に耐えられないからだ。

藤堂寿人《とうどうひさと》はベッドから身を起こした。

六十歳という高齢のため、病院では二、三時間の点滴で済むエノシタビンの投与で治療し、一度は完全寛解したものの、結局は二年で再発してしまった。

選択肢はかぎられていた。

副作用を覚悟して強力な化学療法を行うか、骨髄《こつずい》移植をするか。

悩んだすえに両方を放棄し、QOL《クオリティ・オブ・ライフ》を優先して余生を過ごすことを選択した。

その決断に自分自身の罪の意識が影響していないとは、言い切れない。

急性白血病は進行が早い重病だから、という理由で、受け入れてくれるホスピスは少なかった。都内で探したところ、天心病院を見つけた。

車椅子に座り、個室を出た。すれ違う看護師と挨拶を交わし、デイルームへ向かう。

東側は一面がガラス張りになっており、燦々《さんさん》と輝く朝日が部屋全体に射し込んでいた。天井が高く、木製の楕円形ローテーブルの前に、ベージュのソファが並んでいた。赤や黄色の花が彩りを添える花瓶や、美しい絵画が飾られている。

ホスピスの中では数少ない、死の気配を感じさせない場所だ。利用している患者も、比較的、明るい表情だ。現実をありのまま受け入れたような笑顔を浮かべている。

苦痛にうめくしかできない患者は、そもそも個室から出られない。

「あら、藤堂さん」

呼びかけに反応して顔を向けると、老女——川辺《かわべ》芳子《よしこ》がソファでほほ笑んでいた。紫がかった白髪は頭皮が見えるほど薄く、老眼鏡の奥の目は小粒だ。

「おはようございます、川辺さん」

藤堂は彼女に挨拶すると、テーブルを挟んだ向かいのソファまで移動し、車椅子から移った。

天心病院の中では、医師や看護師を除いて唯一の話し相手だ。年齢と病気のわりには矍鑠《かくしゃく》としており、話していて気分が明るむ。

彼女は毎日の食事——まだ自力で食べられる——が美味しいことや、見舞いに来た家族の話をしてくれる。

芳子はハードカバーの小説を持っていた。闇の中に灯火と百合《ゆり》の花が浮かんでいる装丁で、タイトルは『悲願』。

「難しそうな小説ですね。そんなものを読まれるんですか？」

彼女が以前、年老いて新聞もまともに読めなくなったと嘆いていたことをよく覚えている。

芳子は困り顔でわずかにはにかんだ。

「一日数頁ずつだけど、頑張って読み進めているの」

「そんな趣味がおありとは知りませんでした」

彼女は、ふふ、と嬉しそうにほほ笑み、序盤にしおりが挟んである小説を差し出した。

「これね、孫が書いた小説なの」

藤堂は驚きながら小説を手に取った。表紙の右端には『つかさ　たけし』と作家名が書かれている。巻かれている帯には、有名なミステリーの新人賞受賞の文字が目立つ。

「お孫さんなんですか」

「ええ、ペンネームなの」芳子が笑みを深める。「会社員を辞めて小説を書きはじめたときは驚いたけど、頑張っているものだから、心配しながらも応援していたのよ」

「へえ、大したものですね」

「お祖母《ばあ》ちゃんが元気なうちに本を読ませたかった、なんて言ってくれて、涙が出たの」

藤堂はパラパラと頁をめくってみた。文章がぎっしり詰まっており、読書家でも読み終えるには時間がかかるだろう。

しおりは二十一頁目に挟んであった。

単行本を返すと、芳子が訊いた。

「藤堂さんはミステリーはお読みになる？」

「……若いころは純文学を好んで読んでました」

「まあ、何だか難しそう」

藤堂は苦笑した。

「僕も理解できていたわけじゃありません。文学かぶれで、周りに格好つけたかっただけですよ」

「正直なのね。それとも、ご謙遜？」

「……どうでしょう。半々です」

ただ、職に就いてからは、目の前の現実に比べてフィクションの世界は色あせて見えるようになった。

「お孫さんの小説、どんなストーリーなんですか？」

水を向けると、老眼鏡を掛け直し、芳子は単行本を開いた。文章を眺める。

「主人公は刑事さんでね、ある死刑囚の事件が冤罪《えんざい》じゃないかって疑って、一人で捜査するの」

死刑囚――か。

思わぬ単語に胸の奥がうずいた。

「最後まで読んで孫に感想を伝えたくて。生きているうちに読み終えられたらいいんだけど……」

芳子は悲嘆を感じさせない口調で言った。だが、声には一抹《いちまつ》の寂しさと不安が入り混じっていた。

「立派なお孫さんがいて、羨《うらや》ましいです」

藤堂は自嘲が滲み出ないように注意しながら言った。だが、人生経験豊富な彼女はその些細《ささい》な機微にも気づいたようだった。

「藤堂さん、お子さんは？」

気遣う口ぶりだった。好奇の感情が少しでも見え隠れしていたら、適当な答えではぐらかしただろう。そうではなかったから、真面目に向き合おうと思った。同じ境遇の患者同士、という連帯意識も手伝ったかもしれない。

「息子とは——何年も没交渉です」

「まあ、そうだったの。仲がお悪いの？」

——山田《やまだ》の親は医者で、患者を救ってる。雪村《ゆきむら》の親は自衛官で、震災のときに被災者を助けたってさ。岡崎《おかざき》の親は脳の病気の研究をしてる。それに比べて親父は何だ？何してる？

息子から面罵《めんば》された台詞は、今でも耳にこびりついている。いや、刃のように心に突き刺さったまま、抜けずにいる。

「嫌われてます」

藤堂は自嘲しながら答えた。

「ご病気のことは？」

藤堂は黙ってかぶりを振った。

「そう……」

芳子は同情したように悲しげな顔でうなずいた。

「伝えられても迷惑なだけでしょうから」

「……それでも、知らないまま別れることになったら、後悔が残るんじゃないの？」

後悔——か。

息子は父の死に何を想うだろう。死に際に何の連絡もないまま、死後、事情を知るはめになったら、父を恨むだろうか。だが、元より恨まれている。

何が変わる？

藤堂は下唇を嚙み締めた。

「平気？」

芳子が小首を傾げ、心配そうに訊いた。

「……ええ」

「本当？」

「そう思うしかありません。複雑な事情がありまして。もう関係の修復は無理でしょう。息子には息子の人生があって、違う町で生活しています」

デイルームは朝日で明るんでいるにもかかわらず、気持ちは陰鬱に打ち沈んでいた。

藤堂は芳子に言った。

「小説の感想、伝えるのが楽しみですね」

空気の重さを打ち消すため、話を変えた。

「私もね――」芳子が口を開いた。「息子とはいつも円満だったわけじゃないの」

話は変わらなかったものの、打ち身でうずく部分を撫でさするような口調だったので、嫌な感じはしなかった。

「子供に苦労も迷惑もかけたくなかったんだけど、年を取ると、体も自由に動かなくなって……結局、身の回りの世話を息子に頼ってしまって……」

「それは仕方ない部分があるのではないですか」

「親としては甘えたくなかったのね。でも、どうしても一人での生活が難しくて……。かといって、人様に介護をお願いするのもねえ。気を遣うじゃない？　お金もかかるし、年金生活だと難しいし、ためらってしまって。で、息子が世話してくれていたんだけど、やっぱり、だんだんぴりぴりしてきちゃうのよね」

介護の問題は根深い。赤の他人に世話される気まずさを度外視すれば、介護士に委ねるのが平和かもしれないが、専門家《プロ》でさえストレスに耐えかねて虐待してしまうなど、トラブルも少なくない。職業柄、色んなケースを知っている。

「でもね、がんになって一つよかったことは、息子や孫とまた仲良く話せるようになったこと。こうしてホスピスに入ったから、息子も介護をしなくてよくなって、ゆとりが生まれたのかしら」

芳子は柔和な笑みを浮かべていた。決して強がりではなく、病も、遠からず訪れる死も、全てをありのまま受け入れた表情だ。どうすればこのような境地に達するのだろう。

藤堂はしばらく雑談してから腰を上げた。

「それでは、貴重な読書の時間を奪っては申しわけないので……」

「あらあら」芳子はほほ笑みを崩さなかった。「お話しするのは楽しいし、元気になる気がするから、気を遣わないでね。私のほうこそ、こんなお婆ちゃんに付き合ってくれてありがとう」

藤堂は彼女に別れを告げ、車椅子に乗ってデイルームを出た。部屋を出るとき、振り向くと、芳子は日向《ひなた》で小説を読みはじめていた。ときおり、嬉しそうな笑みがこぼれている。

がんに侵されているとはいえ、年齢を考えれば、幸せな人生なのではないか。

少々羨ましく思う。

藤堂は廊下を戻り、自分の病室へ向かった。今日は妙に疲れる。体も重い。首の筋も板のように突っ張っている。呼吸するたび、肺が圧迫される気がする。

自分の病室に入ろうとしたとき、真向いの病室から怒鳴り声が聞こえてきた。気になり、車椅子の向きを変えた。ドアに近づくと、数センチ隙間が開いていた。

「――もう妹を楽にしてやってくれ、先生」

2

藤堂ははっと目を瞠った。

漏れ聞こえてきたのは、明らかな安楽死の懇願だった。単なる苦痛の緩和を頼んでいるのなら、もう、とは言わないだろう。

全身が緊張した。他人事ではないその懇願は生々しく、切実な響きを帯びて胸をえぐった。

たしか――真向いの個室に入っているのは、九十歳前後と思《おぼ》しき老女だった。

藤堂は病室が覗けないか、顔を動かした。だが、ドアの隙間から見えるのは、部屋の片隅の白い箪笥《たんす》の角だった。

「――ません」

神崎医師の声が耳に入った。

彼はホスピスの担当医の中では最も年配で、親身になって話を聞いてくれるから患者からの信頼も厚い。

「頼む、先生……」

老人の哀訴が聞こえた。

神崎医師はぼそぼそと語っている。声の響きから安楽死を否定し、諭しているのが分かる。

「――妹をこれ以上苦しめたくない」

老人の反論に対し、神崎医師が言葉を返していた。

安楽死――か。

おそらく、これから白血病が悪化したら苦痛が増し、他人事ではなくなるだろう。もし生を放棄したくなるほどの苦痛に見舞われたら――それが耐え難かったら、自分は一体どうするだろう。

室内から聞こえてくる声が途絶えると、足音が出入り口に近づいてきた。

藤堂は車椅子を後退させた。同時にドアが開き、杖をついた老人が出てきた。腰は曲がり、右脚をわずかに引きずるようにしている。

老人の一瞥が藤堂に向けられた。皺とシミが刻まれた顔だが、眼光は力強く、あらゆる人生の悲喜劇を生き抜いてきたような貫禄がある。

藤堂は軽くほほ笑み、会釈した。

老人は面食らったように顎を引いたが、すぐ会釈を返した。表情に愛想は全くない。

藤堂は話しかけるべきかどうかつかの間悩んだ。だが、答えを出す前に、老人はリノリウムの床に杖の音を響かせながら去っていった。

家族の安楽死を願う老人――か。

ホスピスには様々な感情が渦巻いていることを実感しながら、藤堂は自分の病室に入った。

神崎医師と顔を合わせても気まずい。

自分の病室に移動すると、車椅子をベッドに横づけ、降りた。ベッドで仰向けになり、真っ白な天井を見据える。

神崎医師はどうするだろう。病室では老人の懇願に同意しなかったようだが、患者の苦痛が一向に和らがず、死んだほうがましだと思うほど強まったとしたら、葛藤するかもしれない。

いくらなんでも医師の倫理は踏み越えないだろう。だが、同情心でもし手にかけてしまったら――。

他人事ながら心配してしまう。

藤堂は深々と嘆息を漏らした。

痛みは波のように押し寄せたり、引いたりする。寝転がっているだけでも息切れする。

三十分ほど経つと、妻の良子《りようこ》が見舞いに現れた。ほとんど毎日足を運んでくれる。

藤堂はベッドの上で身を起こし、首をゆっくり回した。ふう、と息を吐く。

「無理せず、寝てて」

藤堂は、気遣う良子に苦笑を返した。

「寝たきりじゃ、病人みたいだ」

「病人でしょ」

「お前と起きて話すこともできなくなったら、終わりが近そうで少し怖い」

良子は理解を示すように小さくうなずいた。

死が避けられないからこそのホスピスだ。覚悟はしていても、ひたひたと迫りくる死神の足音に怯えてしまう。

「調子が悪いの？」

藤堂は両手を握ったり開いたりしてみた。

「目に見えて悪くはないけど、良くもない、かな。夜になると、たまに吐き気がする」

「先生は何て？」

「今のところ心配の必要はなさそうだった」

「そう」

良子は丸椅子を取り上げると、ベッドのそばに置き、腰を下ろした。バッグから大型の本を取り出した。

「はい、これ」

良子が持ってきたのは、日本の仏像の写真集だった。一昨日、買ってきてくれるよう、頼んだのだ。

「世の中には色んな本があるのね」

「ああ。何だってある」

昔は本が好きだった。今でも思い出に残っている物語の数々――。そのほとんどはもう二度と読み返さないまま一生を終えるのだな、と考えたら、空恐ろしくなる。

あれも体験していない、これも体験していない――。

生きているうちにもう一度楽しみたいものは山ほどあった。残りの時間が少なくなると、嫌でも考えてしまう。

学生時代によく楽しんだボウリングは？　カラオケは二十年近く行っていない。野球観戦も最後に観たのはどの試合だったか。オリンピックも次の大会は観られないだろう。最後にもう一度観てみたい名勝負はいくつもあった。

藤堂は仏像の写真集を開いた。日本全国の仏像が写真と解説付きで並んでいる。

「ねえ」

良子が気遣わしげに声をかけた。

藤堂は「ん？」と顔を上げた。彼女は真剣な——それでいてどこか思い詰めたような表情を浮かべていた。

「……健司《けんじ》に連絡したほうがいいんじゃない？」

あなたが会話できるうちに——という心の声を聞いた。

家を出て行った息子の顔が脳裏に蘇る。十年も経つと、親子の確執はもはや拭い去れない状態に陥っている。〝絶縁状〟を突きつけたのは健司のほうだ。

「いや」藤堂はかぶりを振った。「今さら何を話すんだ」

「……今さらっていうか、今だから」

良子は後悔を噛み締めたようにうな垂れている。父と息子の断絶を止められなかったことを悔いているのが分かる。

息子が家を出た当時、彼女は和解を望み、必死であいだを取り持とうとした。だが、相手の言葉に耳を傾ける精神的余裕はなく、関係を断ちたいなら別に構わない、と切り捨てた。

「健司もどう反応していいか、困るだろ」

「でも——」

「その話はやめよう」

とうの昔に割り切った息子の話を蒸し返されたら、気持ちが乱れかねない。

病気が発覚したころにも相談され、拒否した。十年以上も会っていない家族から連絡があり、父親が白血病で先が長くないと聞かされてどうすればいいのか。健司も感情を持て余すだろう。

「もう口にしないでくれ」

藤堂は言い捨てると、また仏像の写真集に目を戻した。菩薩《ぼさつ》像や明王《みようおう》像、釈迦《しやか》如来《にょらい》像など、全国の仏像が網羅されている。

眺めていると、心が洗われるようだった。死刑を前に御仏《みほとけ》に縋る死刑囚の気持ちが理解できる気がした。

死刑囚――か。

病気によって死を待つのも、ある意味、同じなのかもしれない。死に値する罪を犯していないというだけで、死刑囚同様、遠からず死が訪れるのは分かっているのに、それがいつなのか分からない。一週間後なのか、一ヵ月後なのか、それとも、明日――。

だからこそ、今まで祈ったことがない神仏にも祈り、縋る。だが、それが心の平穏に繋がるならば、決して悪いことではない。

藤堂はいったん写真集を閉じると、良子に向き直った。今度は他愛もない思い出話に花を咲かせた。

健司の名前さえ出なければ、心が掻き乱されることもない。

最期は——最愛の妻と過ごそう。いずれ看取り期が訪れたとき、そばに良子がいればそれでいい。充分だ。

残された時間を一分でも惜しむように、昼食も一緒に摂り、面会時間が終わるまで話し続けた。

「なあ」藤堂は良子を見つめた。「俺たちが結婚したときのこと、覚えてるか?」

良子が「え?」と首を軽く傾げる。

「自分たちが爺さんと婆さんになったとき、傍らで日向ぼっこする飼い猫を愛《め》でながら、縁側でお茶を飲んで、庭の桜を眺めるような、そんな老後を二人で送りたいな、って話したよな」

良子は「ああ……」とうなずいた。「よく覚えてる」

「約束——」藤堂は目を伏せた。「守れなくてごめんな。一緒に年を取れなくて」

顔を上げると、良子は「ううん」とかぶりを振りながら、窓の外に視線を投じた。遠い目をする。もう取り戻せない過去か、あるいは、もう見ることができない未来でも眺めているかのように。

「……ここも悪くないわよ、あなた」

「そうか……?」

「猫はいないけど、庭には桜の木もあるし、花壇もあるし……きっと春には素敵な景色になると思う」

良子は「ね？」と言いながら向き直った。

藤堂は中庭を見つめた。今は枯れ木が寒そうに枝を震わせている。花壇も土だけが広がっていた。

だが、良子の言うとおり、春になって花が咲くと、景色は一変するだろう。

「……春が楽しみだ」

「中庭のベンチに座って、一緒に桜を見ましょう」

藤堂は彼女に笑みを返した。

3

早朝の陽光が窓から射し込む中、藤堂はベッドの上にあぐらを掻き、広げた新聞紙の上で木を彫り続けていた。彫刻刀を使い、写真集を参考にして仏像を彫っていく。

素人の気まぐれのようなものだ。園児の泥人形造りと同じく、それっぽい輪郭に顔がある程度の代物だ。だが、仏像を彫るという行為が精神に安定をもたらしてくれる。

視界が急に曇り、仏像に影が射した。

顔を上げて窓を見ると、鉛色《なまりいろ》の空が重々しくのしかかり、陰鬱な雰囲気が立ち込めていた。

藤堂は新聞紙に溜まった木屑をゴミ箱に捨てると、中途半端な仏像をベッドサイドテーブルに置いた。

袖で額の汗を拭い、車椅子に座った。ハンドリムを摑み、病室を出てデイルームに向かう。

玄関の前に芳子の背中があった。ホスピスを出ていく男の背中を見送っている。

彼女は振り返ると、藤堂の姿を目に留め、「あら」と声を上げた。

「こんにちは、藤堂さん」

「こんにちは。お孫さんのお見舞いですか？」

「……そうなの。三日ぶりに顔を見せてくれたんだけど――」芳子は手に持っているハードカバー『悲願』に目を落とした。「全然読み進められてなくて――」

「慣れていないと、一冊読むにもエネルギーを使いますよね」

「どうしようかしら。少しでも内容の話をしたいのに」

「少しずつでも、読んでくれることが嬉しいと思いますよ」

「それがなかなか難しいのよ……」芳子は寂しげに言うと、ふいに「あっ、そうだ」

と声を上げた。「藤堂さんに折り入ってお願いがあるのだけど……」

「何でしょう？」

「よければ、私の代わりに読んで内容を聞かせてくれないかしら」

「僕が――ですか？」

「駄目かしら」

突然の申し出に藤堂は困惑した。

「いや、駄目と言いますか――それは川辺さんご自身が読まれたほうがいい気がします」

「読めるものならそうしたいんだけど……このままじゃ、読み終える前にお迎えが来てしまいそうで……お願いできないかしら」

「うーん……」

彼女の縋る眼差しを前にしたら、断るのも忍びなく、気づけば「分かりました」と答えていた。

藤堂は『悲願』を受け取ると、彼女に別れを告げ、デイルームに入った。ソファに数人の先客がいた。その中の一人に目が留まる。

真向いの病室で妹の安楽死を神崎医師に乞うていた老人だった。膝のあいだで両手の指を組み、深刻な顔つきでテーブルをねめつけている。

苦痛にうめく妹の問題は何も解決していないのだろう。横目に見ながら通り過ぎようとし、思い直して車椅子を止めた。

「あのう……」

藤堂は老人に声をかけた。

老人は反応しなかった。無視されているのかと思ったが、どうもそうではなさそうだった。

もう一度大きな声で呼びかけてみると、老人ははっとしたように顔を上げた。胸ポケットを探り、補聴器を耳に嵌めた。

「……私に何か？」

老人が怪訝そうに訊いた。興味を示したというより、わずらわしい蠅《はえ》に纏わりつかれたような反応だった。

「……思い悩まれているように見えたもので」

老人は、ふっと鼻で笑った。小馬鹿にしたわけではなく、自嘲だろう。

「君もここの入院患者か？」

「はい」

「……若いのに、気の毒なことだ」

藤堂は苦笑した。六十歳でも、九十歳は超えていそうな老人から見れば若いか。

「病気を受け入れてここにいます」

「そうか……」老人は同情を顔に浮かべ、小さくうなずいた。「世の中、思いどおりにならんものだよ」

「そうですね。病気は誰にでも降りかかってきますから」

「悲しいことに、死には誰も逆らえん。後はどのような死を迎えるか、という違いだけだ」

どこまで踏み込んでいいものか、迷いながら藤堂は言った。

「妹さんがここに入院されているんですか？」

老人の眼光が険しくなった。

「なぜそれを……？」

「真向いのお部屋のようでしたから、声が聞こえました」

「何を聞いた？」

「……安楽死の懇願を」

老人は唇を歪めた。

目を閉じ、追想に浸るように間を置いた。呼吸に合わせて胸が上下する。やがてゆっくり目を開けた。

「それこそ、死に方の問題だ。避けられない死の中で、人は死に方と時期だけは選ぶことができる」

「……そうですね、それが僕らの特権なのかもしれませんね」藤堂は冗談めかして答えた後、表情を引き締めた。「ですが、安楽死は――現行法では殺人罪になります」

老人は眉をピクッと反応させた。

安楽死は嘱託殺人だ。自殺や自死を裁く法律はないが、自殺を幇助したり、乞われて死に至らしめるのは明確な罪だ。六ヵ月以上、七年以下の懲役または禁錮に処される。

「それは……法が間違っている。常に法が正しいわけではないだろう？」

「もちろん、古い価値観に固執せず、現実の情勢や状況に合わせて法も変えていく必要はあると思います。しかし、人の命を奪う法律には慎重であるべきです」

「そもそも、今苦しんでいる人間に、法の改正を待っている時間などないではないか」

「お気持ちは理解しますが、法に反する行為を医者に強いるのは、罪深いことです。神崎先生が逮捕されますよ」

老人は、その現実に今初めて気づいたかのように目を剥いた。皺深い皮膚を引き攣らせるように唇を結んだ。

デイルームに沈黙が満ちた。

「しかし！」老人は弁解がましく言った。「医師が救ってくれねば、苦しんでいる者を一体誰が救ってくれるのか」

　藤堂はぐっと奥歯を噛み締めた。

「……医者も、苦しみます」

　老人が真意を窺うように目を細めた。

「医者の本分は人を救うことです。命を奪うことではありません。たとえ、患者に耐えがたい苦痛があったとしても」

「……君に何が分かる。君は医者なのか？」

「違います」

「では、それは勝手な代弁だろう」

「たしかに代弁ですが、その苦悩は想像できます」

「綺麗事を」老人の顔に敵意に似た怒りが混じる。「苦しみを取り除くことがホスピスの理念だろう。それならば、安楽死は究極の平穏ではないか」

「死に医学は関係ありません。医者がすることではないと思います」

「医師ならば、苦痛なく逝ける方法を知っているはずだ。それも医術ではないか」

「僕が話しているのは、手段の有無ではなく、感情です。安楽死を行ったときの心の傷を心配しています。命を奪ってしまった医者はきっと苦しみます。無力感に打ちのめされたり、後悔したり……」

老人は言葉の意味を嚙み締めるように黙り込み、食いしばった歯の隙間から息を吐いた。

「医師でもないのに、どうしてそんなに安楽死を否定する？」

藤堂は息を吞んだ。

神崎医師にも話していない自身の過去が生々しく蘇り、心臓が騒ぎはじめた。

「僕は——」藤堂は深呼吸した。「刑務官でした」

老人が眉を顰めた。

「刑務官というのは、犯罪者を管理する者だろう？　刑務所の中で」

「刑務所とはかぎりませんが、まあ、大雑把に言えばそうです」

「それが何だ？」

藤堂は自分の拳に視線を落とした。

「僕は——死刑囚の死刑執行を行いました」

4

老人が皺に囲まれた目を眇《すが》めるようにした。

「死刑――」

「はい」藤堂はうなずいた。「拘置所に勤務している刑務官は、時に死刑囚の死刑を執行するんです。房にしがみついて抵抗する者でも複数人で引きずり出し、刑場に連れて行くんです。そして――担当者がボタンを押します」

老人が顔を顰めた。遠い過去の悪夢でも思い出したかのように。

藤堂は深呼吸した。病気で職を退いても〝過去〟にはならず、いまだ苦しみを抱えている。

「死刑囚はそれだけの罪を犯したのだろう？」

「相手が凶悪犯だとしても、人の命を奪った罪は、決して拭い去れません」

藤堂は右手の人差し指を見つめた。死刑執行のボタンを押した感触は、まだ指に残っている。

「絞首刑の床が開くボタンは複数あり、本物は一つだけです。執行人として選ばれた刑務官たちがそれぞれを同時に押すんです。誰が死刑を執行したか、分からない仕組みなんです」

「何が言いたい？」

「……刑務官も苦しいんです」

藤堂は拳を握り、人差し指を隠した。

誰のスイッチが床を開かせたか分からない仕様になっていても、命を奪った行為に苦しんでいる。

初めて死刑執行をしてから、エレベーターに一人で乗れなくなった。階層のボタンを押そうとしたとき、全身に汗が噴き出し、動悸《どうき》がおさまらなくなった。狭苦しい箱の中が棺桶《かんおけ》のように思え、息苦しさのあまり倒れそうだった。ボタンを押せないまま、誰か乗り込んでくるまで身動きがとれなかった。それ以来、エスカレーターか階段を使うようになった。

「裁きと慈悲は違う」

「……命を奪う、という一点では何も変わりません。それが必要で、正しいことだと自分に言い聞かせても、心の奥底では納得できていないんです」

必要悪を誰が担うのか。

そう、死刑も安楽死も、現実には必要なのだろう。だが、世の中に必要であることが正しいとはかぎらない。使命感で背負うには重すぎる十字架だ。

――山田の親は医者で、患者を救ってる。雪村の親は自衛官で、震災のときに被災者を助けたってさ。岡崎の親は脳の病気の研究をしてる。それに比べて親父は何だ？何してる？

息子からぶつけられた非難の言葉は、決して忘れられない。

父親が死刑囚の死刑執行に関与している事実に、息子は耐えられなかったのだ。

死刑囚の死刑が執行されると、新聞も弁護士も市民団体も、非難の声を上げる。新聞は、死刑執行の署名をした法務大臣を『永世死刑執行人』と呼び、『「自信と責任」に胸を張り、二ヵ月間隔でゴーサイン出して新記録達成。またの名、死神』と責めた。そのときは、『全国犯罪被害者の会』が「犯罪被害者遺族の感情を逆撫でされる苦痛を受けた」と抗議し、新聞が謝罪している。

だが、その後も死刑執行のたび、法務大臣や死刑肯定派への中傷じみた批判は繰り返された。作家や著名人が「悪魔ってこういう顔か」「殺したがる馬鹿ども」と発言した。それらの言葉は刃となり、家族の命を理不尽に奪われた被害者遺族の心をえぐった。遺族は二度、家族を殺されたようなものだ。

それは刑務官も同じだった。

法務大臣への批判は、死刑を執行している刑務官にも突き刺さった。

息子にまで〝人殺し〟として見られている事実に苛立《いらだ》ちが募り、それこそ平手打ちをせんばかりの勢いで怒鳴り返した。

人の命を奪った凶悪犯だからといって、好きこのんで死刑執行のボタンを押していると思っているのか。

死刑に値する凶悪犯だから。

被害者遺族の処罰感情だから。

社会正義のためだから。

自分の心を守るための――いや、自分の心を騙すための理由ならいくつも思い浮かんだ。だが、人の命を奪う行為をいくら正当化しようとも、救われなかった。

新聞で『死神』と責められた法務大臣は、死刑執行を命じる苦しみを語っていた。執行前には必ず斎戒沐浴《さいかいもくよく》をし、先祖の墓に参っていたという。

刑務官も同じだ。ボタンを押した刑務官には、二万円の特別手当が与えられるが、人の命を奪った代償であるその金は、誰もが死刑囚の供養に使う。

命に関わる職に就いているからといって、気軽に人の命を奪える人間はいないのだ。

精神的に追い詰められ、悪夢の中で何度も死刑執行のボタンを押していた。他に刑務官の姿はなく、自分が押したとたん、床が開き、顔のない死刑囚が落下する。断末魔の悲鳴を発し、ピン留めされた昆虫さながらに両脚をバタつかせる。

自分の叫びで目が覚めると、全身は汗でびっしょりだった。首筋は強張り、過呼吸に陥ったように息が乱れている。

現実との境目が分からなくなるほどリアルな悪夢に恐れおののき、眠れない夜が続いた。仕事のことには一切口出ししない妻もさすがに心配し、精神科を勧めたほどだった。

　だが、断った。

　人の命を奪っておきながら、精神的な平穏を求めてはいけないという強迫観念があった。罪を背負い、苦しみ続けることこそ、贖罪《しょくざい》なのだ――と。

　精神状態は不安定で、だからこそ、家族に――息子に理解されない苦しみに感情が搔き乱された。

　息子と口論になり、関係が悪化した。学校でひどいいじめに遭っていることを知ったのは、ずいぶん後のことだ。

　おとなしい性格だった息子は勉強が取り柄で、校則も破らず、真面目に学校生活を送っていた。クラスメートの中で親の話になったときも、後ろめたさなどはなく、胸を張って刑務官だと答えていたという。

　だが――。

　藤堂が死刑執行の職務を担うようになったころ、たまたま悪名高い死刑囚の死刑執行が相次ぎ、メディアの批判が苛烈《かれつ》になった。著名人が死刑制度に怒りを表明し、法務大臣や死刑肯定派を責めた。海外の団体が日本を非人道的な国家だと非難している、と声高に叫ぶ者たち――。

　クラスメートたちはそのような言説を様々な媒体で見聞きしたらしく、気がつけば、息子は『人殺しの息子』と陰口を叩かれるようになっていた。

友達の親たちはみんな立派な仕事をしているのに、父さんはなぜ——。

息子の中にあったのは、そういう反発だった。

いじめの加害者も何人か同じ高校に進学したため、陰口から発展した迫害はずっと続いていたらしい。

——お前の親父、死神なんだろ。

——人殺しの息子ってどんな気分なんだ？

——世界の恥だろ。

浴びせられる悪口に息子は追い詰められていった。メディアやSNSの中で書かれている罵倒の受け売りだ。一時《いっとき》は自殺を考え、遺書も書いたことがあったという。

本当ならば、いじめの事実を知ったとき、息子の一番の理解者に——味方になってやるべきだった。だが、それはできなかった。息子が浴びせられた暴言の数々は、実際に死刑を執行した父親である自分にこそ突き刺さったからだ。誰よりも自分が動揺し、神経が参り、苦しんだ。

結局、和解できないまま、息子は高校卒業を機に家を出てしまった。大学には進学しなかった。

「……医師に安楽死を乞うのは、死の責任と罪を押しつける行為です」

藤堂は過去を噛み締めながら、老人に言った。

相手が凶悪犯でも命を奪う行為に苦しむ。病人を助けるために医学を勉強してきた医者にとっては、命を奪う行為はなおさら職業倫理とも対立し、苦しむだろう。

老人は渋面でうなった。だが、決して納得したわけではないことは表情から伝わってくる。

「ホスピスの理念は、苦痛がない余生だろう。それが叶わんなら、せめて楽に――と願うことは、自然な感情ではないか。医者が助けてくれんなら、患者は一体どうすれば救われるのか」

「僕も病を抱えて、ここにいます。お気持ちは理解できるつもりです。しかし、医師に安楽死を強いるのは、残酷です」

どれほど自己正当化しようとも、死の十字架は重くのしかかり、時が経っても軽くはならない。

藤堂は目を伏せた。

法を改正し、安楽死を認めるか否か。賛成派と反対派で議論が行われると、様々な論点がテーマになる。

そんな中で忘れられがちなのは、『死なせる側』の苦しみだ。

たとえ注射一本打てば終わるとしても、目の前で生きていた患者の生を終わらせる行為に平然としていられる人間はいない。

刑務官のあいだでまことしやかに語られる話がある。

死刑執行の際、床が開かなかった。騒然とする中、理由が判明した。〝当たり〟のボタンに当たっていた刑務官が土壇場で二の足を踏み、押せなかったのだ。

実話かどうか分からない。

だが、充分にあり得る話だと思う。

人の命を奪う行為は、誰にとっても苦しく、思い悩み、精神が押し潰される。

藤堂は目を開け、老人を見据えた。

「どうか、医師を死刑執行人にしないでください」

5

デイルームに沈黙が降りてきた。

襟首にはゆとりがあるにもかかわらず、息苦しさを感じる。藤堂は喉を押さえながら意識的に深く呼吸した。

やがて、老人が静かに口を開いた。

「死刑と安楽死は違うだろう。死刑は、罪を犯しながらも生に縋りつく犯罪者の命を奪う。しかし、安楽死は、苦痛に耐えきれず、死を望む患者の希望を叶えてやる。根本が違う」

「しかし、死刑囚の中には、恐怖を乗り越え、死によって罪を償う覚悟をして、心の平穏を保っている者もいます。死刑の執行を願っているならば、死を望んでいるという点において、何が違うのでしょう？」

「……私の妹は犯罪者ではない」

老人の声には冷たい怒りが滲んでいた。

「そういうつもりではなかったんですが……すみません」

老人はふっと表情を緩めた。

「もちろん、分かっている。すまんな、少々意地悪を言いたくなった」

「いえ。不快に思われるお気持ちは充分理解できます。ただ、やはり医師も刑務官も人間ですから」

「……うむ」

「死刑囚の場合、刑の執行には大義名分があります。被害者と遺族の無念を晴らすんだ、という大義名分です。その上、刑を受け入れている死刑囚ならば、執行直前に暴れたり、抵抗したりすることもなく、おとなしく連行されます。それでも、刑務官は苦しみます」

自分は苦しんできた。執行係に選ばれ、吐き気を催すプレッシャーに押し潰された。それでも社会正義のため、と自分に言い聞かせ、執行ボタンを押した。

しかし、罪の意識は決して消えなかった。

老人は思索に耽《ふけ》るように目を閉じた。皺だらけの手の甲を反対側の手で握り締めている。

死刑執行者の苦しみは理解されない。どれほどの葛藤と苦悩の中でボタンを押しているか。

死刑反対派が放つ言葉の刃は、執行した刑務官にこそ、深々と突き刺さる。そして――息子は彼らと同じ刃を父親に向けた。

老人はゆっくりと目を開けた。

「私は――無責任だったのかもしれん」

老人は唇を嚙み締めた。皮膚が裂けて血が滲みそうだった。

「苦痛に耐えかねて死を望む者に、安らかな死を与えるのは、医師の誠実さだと思っていた。他に痛みを取り除く手段がないのだから、手を尽くすべきだ、と」

藤堂は黙ってうなずいた。

「……拒否されるたび、何たる仕打ちか、と怒りを覚え、不誠実だと責め立てた。医師の苦しみなど想像もせず」

老人は追想の眼差しを見せ、悲しみと悔恨に彩られた口調で言った。

「苦しみうめく者が死を乞うたからといって、その命を奪う行為がいかに難しいか、身に染みているというのに……」老人は手のひらを引っくり返すと、指を凝視した。

「それなのに、医師ならば淡々と遂行できると考えていた」

「……容易ではないと思います」

「そう――だな。君の言うように医師も人間なのだ」

「はい」

老人は杖を手に取ると、腰を押さえながら立ち上がった。

「……話ができてよかった」

6

藤堂は病室で一心不乱に仏像を彫り続けていた。

脳裏に蘇る光景は――教誨室《きょうかいしつ》だ。死刑執行前の死刑囚を連れていく。

正面には祭壇があり、仏像が祀《まつ》られている。死刑囚はそこで教誨師から教誨を受ける。

死刑囚は最期の瞬間、心穏やかに逝くために神仏と向き合う。大罪を犯しておきながら平穏を求めることに異論はあるだろうが、人は誰しも恐怖と共に死にたくないのだ。

遠からず訪れる死を受け入れるため、仏像を彫っている。

今思うと、刑務官こそ神仏に縋りたかった。他人の命を奪った死刑囚と、その死刑囚の命を奪う刑務官――。

ふとハードカバーの『悲願』が目に入った。作品にも死刑囚が登場するという。

彼女の懇願に負けて預かったものの、自分の苦悩の過去が蘇る引き金になりそうで、まだ一頁も読めていなかった。

長年抱えていた苦しみを老人に吐き出したことにより、多少なりとも過去を受け入れることができた。

今なら――。

藤堂は『悲願』を手に取り、読みはじめた。

物語は――刑事である主人公が死刑囚と面会し、冤罪を疑うシーンからはじまる。

だが、主人公がいくら問いただしても、苦悩の表情を見せる死刑囚は罪を認める発言を繰り返し、「死こそが私の贖罪なのです」と断言する。冤罪だとすればなぜ黙して語らないのか。

いつ死刑が執行されるか分からない中、主人公は自分の勘を信じ、単独で捜査をはじめる。その過程で出会うのが、死刑囚の息子でもある三十三歳の男性だ。

息子は、幼いころに家族を捨てて出て行った父親が死刑囚であることを知らず、激しく動揺する。

刻一刻と迫る死――。

父親の苦境を知った息子は葛藤のすえ、父親に面会に行くものの、土壇場で踏ん切りがつかず、引き返してしまう。すれ違う二人の想い――。

主人公は二人の対面こそが真相を解き明かす道だと考え、長年横たわっていた深い溝を埋めようと努力する。

藤堂は病室の明かりが強まった気がして顔を上げた。気がつくと、窓ガラスが闇夜に黒く染まり、室内を映していた。外が暗くなった分、病室が明るくなった錯覚に囚われたのだ。

物語に没頭するうち、四時間も経っていた。ミステリーの新人賞を受賞しているとはいえ、必ずしも事件がメインというわけではないらしく、父子の想いを巡る家族小説の様相があった。

作中に登場する死刑囚の心理は生々しく、胸に迫るものがある。だが、死刑囚の生活に関しては必ずしも正確とはいえず、綿密な取材に裏打ちされた作品ではないようだ。新人のデビュー作にそこまで求めるのは酷だろう。

登場人物たちの行く末が気になり、続きを読もうとしたときだ。廊下で慌ただしい足音がした。

藤堂は読書を中断し、車椅子に乗った。ハンドリムを漕ぎ、病室を出た。

真向いの病室のドアが開けっ放しになっていた。覗き込むと、神崎医師の背中が見えた。隣には、老人が杖をつきながら突っ立っている。

「……ご臨終です」

地の底を這うような、沈鬱な声の宣告だった。

――老人の妹が亡くなったのか。

重苦しい空気が立ち込める病室を眺めていると、視線に気づいたのか、老人が振り返った。虚ろな眼差しをしている。黒い瞳は虚無だった。

目が合うと、藤堂は同情を込めて小さく会釈した。老人はわずかに目を細めただけで、ほとんど無反応だった。

老人は背を向け、ベッドに横たわる妹の腕に触れた。最愛の家族が苦しみから解放された安堵よりも、苦悩が滲み出た触れ方だった。

そこに老人の複雑な心境が表れていた。

7

車椅子でデイルームに進み入ると、日溜まりの中、芳子がお茶を飲んでいた。

藤堂は車椅子で彼女に近づき、声をかけた。

「こんにちは」

芳子は静かに顔を上げた。

「あら、藤堂さん、こんにちは」

彼女は藤堂が太ももの上に置いている『悲願』に気づき、「読んでくださっている？」と訊いた。

「はい」藤堂は『悲願』を取り上げた。「昨晩、ちょうど読み終えました」

「まあ！　さすがにお早いのね。どうだったかしら」

読了の余韻が冷めやらず、胸にこみ上げてくる想いがあった。罪を受け入れた死刑囚の心情は、白血病で死の迎えを待つ自分の心情と重なり、感情があふれてくる。

「……本当に話してしまって構わないんですか？」

「どうして？」

「とても良い小説でした。やはり、川辺さんが読まれたほうがお孫さんも嬉しいんじやないかと思いまして」

「いいのよ。遠慮せずに感想を聞かせてちょうだい」

本当に構わないのだろうか。見知らぬ孫への後ろめたさを感じながらも、藤堂は感想を語りはじめた。ミステリーなのでオチのネタバレは避けようと思ったものの、彼女は最後まで聞きたがった。

「――結局、殺人ではなかったんです。死刑囚の父親が良かれと思ってしたことが不運にも悪いほうに転がって、それで間接的に一家の命を奪うことになってしまって。それが家を捨てた理由であり、刑に甘んじている理由でもあったんです」

「まあ。なんて痛ましいんでしょう」

「苦しみを理解した息子は、初めて父親と向き合う決意をして、その過程が丁寧に描かれていました。断絶した父子が死の間際に関係を修復する物語でした」

「死の間際？　冤罪だったんじゃないの？」

「冤罪を証明するには遅すぎたんです。ただ、後味が決して悪くないのは、長年のわだかまりが最後に解けたからです」

話を聞く芳子は、菩薩のようなほほ笑みを浮かべていた。

「素敵な物語なのね」

「はい。楽しい読書体験でした。ありがとうございます」

藤堂は『悲願』を返そうとした。だが、芳子は緩やかにかぶりを振った。

「その小説は差し上げるわ」

「え？　ですが――」

「もしパソコンをお持ちなら、どうか作者を調べてあげて、、」

――あげて？

引っかかる物言いだった。彼女はそれ以上答えようとはせず、ただ柔和な表情を見せていた。

彼女が何かを伝えたがっていることは分かった。だが、それが何なのかは分からない。

藤堂は自分の病室に帰ると、ベッドサイドテーブルの引き出しからタブレットを取り出した。

検索欄に作者のペンネーム――『つかさ　たけし』を入力した。表示されたのは作者と作品に関する記事ばかりだ。称賛の内容が並んでいる。

一体何なのか。

順番に記事を見ていく。

授賞式の写真が掲載されている記事を発見したとき、藤堂は目を剝いた。

壇上でトロフィーを受け取っているのは、息子の健司だった。

なぜ息子が――。

8

藤堂は混乱しながら写真を凝視した。

写っているのは間違いなく健司だった。十年以上会っていなくても、当時の面影はしっかり残っている。

『つかさ　たけし』は健司なのか？

つかさ　たけし――。

頭の中でペンネームを繰り返していると、脳内に電流が走った。心臓が動悸を打つ。

司《つかさ》　健《たけし》――。

ペンネームを漢字にして入れ替えたら『健司』だ。なぜ気づかなかったのだろう。

藤堂は車椅子のハンドリムを握り締め、デイルームへ向かった。芳子がまだいることを期待して。

デイルームには相変わらず日溜まりの中で芳子が座っていた。車椅子で近づくと、彼女が顔を上げた。

「川辺さん……」

藤堂は声をかけた。だが、それ以上の言葉が出てこない。喉は干上がっていた。

「作者のこと、お知りになったのね」

芳子はほほ笑みを浮かべている。

藤堂は緊張と共に唾を飲み下し、喉を湿らせた。ようやく声を発することができるようになった。

「作者は川辺さんのお孫さんでは――」

芳子は緩やかにかぶりを振った。

「ごめんなさい、嘘をついたことを謝らねばならないわ。私の孫は小説を書いていないの。お医者さんをしているわ」

「一体何が何だか……なぜ僕の息子が……」

「藤堂さんの息子さん、小説家としてデビューされたそうなの」

「待ってください。なぜあなたがそれをご存じだったんですか」

芳子は思わしげな眼差しを藤堂に注いだ。

「……あれは二週間前のことよ。ホスピスのロビーで思い詰めた顔で立っている男の人を見かけたの。私、お節介な性格なものだから、声をかけたのね。ご家族のお見舞い？　って。その男の人は最初、何も答えてくれなかったんだけど、私がしつこかったからかしら、父親が入院している、って話してくれたの」

「それが健司……」

「そのときは名前を教えてくれなかったけど、聞いてみると、父親とは十年も会っていない話や、二年前に母親から連絡があって父親の病気を知った話を聞かせてくれた」

妻が健司に連絡していたとは初耳だった。連絡しないように言い含めてあったが、妻としても今のままの永久の離別は忍びなかったのだろう。

「複雑な事情があるみたいで、いざホスピスまで来てみたものの、合わせる顔がないって」

藤堂は歯を食いしばった。

勇気を振り絞ったのは——息子のほうだったのだ。

「深くは追及しなかったけど、小説を書いてデビューした話をしてくれて、家族の再生の物語だって。自分の経験を主人公に置き換えて描いたら、その部分が褒められて、受賞したそうなの。だから、私がまたお節介を発揮しちゃって、預かったの」

そういうことだったのか。

病魔に侵された父親の心情を死刑囚に置き換え、それを知った自分の葛藤を死刑囚の息子に置き換えた――。だからこそ、胸に迫る心情描写がなされていたのだ。

「私は――」芳子が言った。「物語の最後は幸せな形がいいわ。親子が喧嘩したまま死に別れる最後だったら、とっても悲しいもの」

藤堂ははっとした。

芳子が柔らかく笑みを浮かべた。目尻の皺が寄り集まり、柔和な印象が強くなる。

藤堂はぐっと拳を握り締めた。

「……ありがとうございました」

藤堂は車椅子を反転させた。病室へ戻ると、ベッドサイドテーブルに置いてある木彫りの仏像を眺めた。

息子と連絡を試みもしないままで、本当に平穏な最期が迎えられるだろうか。自分の心を騙しているだけではないか。

妻が見舞いに現れると、「頼みがある」と切り出し、健司の連絡先を聞いた。

息子に選択肢を与えるべきだ。その結果、どのような返事があるにせよ。

思えば、拒絶が怖かっただけなのかもしれない。息子から冷淡な台詞が返ってきたら、もう平穏な死は迎えられないだろう。胸に兆した後悔と共に人生の最期を待つことになる。

それは臆病だった。

藤堂は携帯電話を取り上げると、健司の連絡先の番号をプッシュした。

無機質なコール音がしばらく続き、やがて反応があった。

藤堂は勇気を振り絞り、全てを受け入れる覚悟を決めて「もしもし……」と言った。

電話の向こうで息を呑む音が聞こえた。

藤堂はただ返事を待った。

「……父さん」

十年が経っていても声はすぐ分かった。お互いに。

藤堂は深呼吸し、切り出した。

「お前に会いたい」

最終話　背負う命

1

夜の闇が深まり、街灯の明かりも届かない繁華街の奥に、その雑居ビルはひっそりとたたずんでいた。真っ暗なコンクリートの階段を降りていくと、赤褐色のレンガ張りの壁にドアがある。看板の類いは全くなく、はた目には人がいるのかどうかも分からない。

男はドアの前に立った。粉雪交じりの寒風も吹き込んでこない。コートの雪を払い落とし、深呼吸する。首の真裏がひりひりするような緊張がある。

踏み込めば後戻りはできない。自分に人の命を決めてしまう権利があるのか。引き返すなら今だ。

しかし、それが唯一の方法ならば――

覚悟を決め、ブザーを鳴らした。反応はない。闇の中に突っ立ち、待ち続けた。

やがて、錆びた蝶番が悲鳴じみて軋み、ドアが開いた。玄関に照明が点いていないため、現れた老人の姿は薄闇に縁取られていた。皺だらけの白衣を身に纏っている。

「何でしょう」

老人が低くしわがれた声で訊いた。

男はごくっと唾を飲み込んだ。向かい合っているだけで、緊張が強くなる。

「……あなたが噂《うわさ》の先生ですか？」

老人は心の奥底まで見透かすような眼差しで見返してきた。見つめられていると、胸の中がざわざわする。

「何の話でしょう？」

男は動揺を押し隠し、答えた。

「あなたのことを聞きました」

「ほう」

「あなたが前に救ったご家族から」

老医師は目を細めると、小さくうなずいた。

「……入ってください」

老医師は背を向け、奥へ歩いていく。

男は慌てて建物に進み入ると、後ろ手にドアを閉めた。自分から足を踏み入れていながら、監禁されたような不安に囚われた。廊下も薄暗く、奥のデスクのスタンド照明が仄明かりを滲ませている。

靴を脱いで廊下に上がった。老医師の後をついていく。

老医師が突き当りにある茶褐色の木製ドアを開けると、とたんに橙色《だいだいいろ》の明かりが薄闇を切り裂いた。

男は室内を観察した。小綺麗なシーツが敷かれたベッドが三床並んでいた。スチールのキャビネットには薬品類が陳列されていた。個人病院の診察室を彷彿《ほうふつ》させるが、一番の違いは染みついている死臭だった。

実際に特別な臭いが感じ取れるわけではないので——多くの病院同様、アルコールの匂いが立ち込めている——、おそらく気のせいだろう。聞き及んでいる噂が影響しているに違いない。

老医師は背を向けたまま、机の上の書類を整えはじめた。白衣はまるで人を寄せつけない盾であるように見えた。彼が死を扱っているからそう感じるのだろうか。しばらく息苦しいまでの沈黙が続いた。彼は会話を拒絶しているようでもあり、最後の一歩を踏み込む覚悟が決まるのを黙って待ってくれているようでもあった。

引き返す機会を与えているのか、試されているのか。

男は意を決し、彼の背中に話しかけた。

「俺はあなたに縋るために伺いました。あなたのような先生を捜していたんです」

老医師は振り返ると、感情の籠らない声で訊いた。

「縋る——というのは？」

強い警戒心が見え隠れしている。

ここを訪ねているのだから言わずもがなだろう。それなのにわざわざ訊くのは、おそらく言質《げんち》を取らせないために、依頼者から喋らせるつもりなのだ。

「先生なら、終末期の患者に安らかな死を与えてくれると聞きました」

老医師はふっと口元に薄く笑みを浮かべた。

「人は誰しも苦しみと共に生にしがみつきたくないものです」

「……はい」

男は慎重にうなずいた。

「あなたは——誰に安らかな死を与えてもらいたいんですか」

男は目を閉じ、緊張が絡みつく息を吐いた。頭の中に病床で寝込む父の痛々しい姿が蘇る。

老医師は黙ったまま返事を待っていた。

男は目を開け、答えた。

「父です」

「疾患は？」

「……全身に転移したがんとアルツハイマーです」

「余命宣告は？」

「半年と宣告されてから二ヵ月が経ちました。苦痛も大きくなっていて、見ていられません」

「今はどこに？」

「ホスピスです」

老医師は訝《いぶか》しげに目を細めた。

「それならば、充分な緩和ケアを受けられているのでは？　専門医もケアの体制も整っているはずです」

男は父の姿を思い返しながら答えた。

「俺はホスピスを信じて父を預けたんです。でも、父は痛みに苦しんでいます。楽に過ごせているとは思えません。もう見ていられないんです」

「それでここに――？」

「はい。父を苦痛から救うには、他に選択肢はないんです。先生の慈悲に縋りたいんです」

気持ちが伝わったか、老医師の表情からは窺い知れなかった。

「もし苦痛さえなければ、お父さんの死は望みませんか？」

「もちろんです！」男は即答した。「誰が好きこのんで親の死を望みますか」

「世の中には様々な事情で身内の死を望む人間がいます。ご本人はどうですか」

「父は――苦しんでいて、ホスピスの先生に死を訴えています」

「本人が死を望んだとしても、それが苦痛に耐えかねての懇願か、周りの環境によるプレッシャーのせいか、誰にも本当の意味では判断ができないんです」

「プレッシャー……」

「自分の病気で身内に迷惑をかけているのではないか。自分さえ死ねば無駄な治療費も使わせずにすむのに――。そんな思考の海に沈んでしまうんです」

男はぐっと喉を詰まらせた。

父は――どうなのか。

『もう痛みに泣きたくない……』

涙を浮かべた父の哀願が蘇る。

ホスピスの費用は、がんだと保険が利くので助かっているとはいえ、年金暮らしの両親にはかなりの負担だ。息子として夫婦の貯金を切り崩して援助している。

『遺産を遺してやるどころか、負担をかけて、申しわけないよ……』

思い返せば、昔から息子のことを最優先してくれる父親だった。

自分は労働環境がブラックな職場のストレスを夜な夜なバーの酒で癒し、貯金という概念がなかった。恋人ができ、結婚を決めたとき、結婚式をするほどの余裕がなく、相手と話し合って式は諦めた。だが父は、それでは可哀想だから、と資金を捻出してくれた。そんな息子想いの父だ。息子の金銭事情を心配しないはずがない。

老医師の問いを前に迷いが生じた。

父が息子のために〝自殺〟を望んでいるとしたら――。

「迷っているのですか？」

老医師の声で男ははっと我に返った。「迷いはありません」

「い、いや――」男は慌てた。

「躊躇が見受けられますが」

「……親の死について話しているんですから、葛藤はあるでしょう。躊躇が全くない人間のほうが怖いと思います」

老医師は「もっともです」とうなずいた。

「父をここに運び込めばいいですか？」

「ホスピスから転院――という形では承服してもらえないでしょう。私には社会的な信用がありませんからね」

「では、どうすれば？」

「在宅介護に切り替えたいと相談し、いったん家に連れて帰った後、私の所へ運んでください」

「在宅介護の許可が出るでしょうか」

「最期の時間を家で過ごしたいという患者は少なくありません。医師も可能なかぎり希望を叶えたいと思っているので、家族と本人が訴え出れば理解を示してくれるでしょう」

2

高井は白衣を翻《ひるがえ》し、足早に病室へ向かった。開けっ放しのドアから室内に入る。患者の看護をしていた八城看護師が振り返った。

「高井先生――」

高井はうなずき、ベッドに近づいた。横たわっている川辺芳子は、苦悶に顔を歪めていた。汗だくになっている。紫がかった白髪が乱れていた。

「具合は？」

「……呼吸機能の低下が著しいです」

高井は拳を握り締めた。

彼女は宣告された余命を長く越え、誰よりも多く他の患者を見送ってきた。

高井は芳子の具合を診た。

効果がある。

モルヒネは、呼吸困難への薬物療法としては、疼痛への対処に用いるよりも少量で

「投与量はどうしますか」

高井は少し考えた。

彼女には一度も投与したことがないので、二十五パーセントから五十パーセント程度で充分だろう。もしモルヒネをすでに使用しているなら、逆にそのくらい増量する必要がある。

高井はそう答え、芳子に話しかけた。

「すぐ楽になりますからね」

突然、手首を鷲掴みにされた。芳子が目を見開き、切実な眼差しで見上げていた。

視線が絡み合う。

「どうしました?」

「……モルヒネはいや」

「なぜですか?」

芳子が切なそうに眉を歪めた。

「モルヒネを使って、魂が抜けたみたいになってしまった人を何人も見ちゃったか

ら」

高井は彼女の腕を優しく撫でた。

「意識の混濁は、がん患者に見られる症状であって、必ずしもモルヒネが原因というわけではありません」

「でも、いやなの」

高井は小さくため息をついた。

「我がままを言わないで、お祖母ちゃん」

芳子――祖母は、困り顔を見せた。

彼女と自分の関係は院長しか知らない。看護師たちには、医師の身内として特別扱いせず、世話をしてほしいと思ったからだ。だが、祖母本人に強く口止めしているわけではないので、あまり吹聴はしないように言い含めていても、他愛もない雑談の中でポロッと漏らしているようだ。今では八城看護師をはじめ、天心病院の関係者の中では公然の秘密だった。

「一正《かずまさ》……」

祖母が申しわけなさそうな微笑を浮かべた。

長らく、実の息子である父が在宅介護を行っていた。食事を用意し、服の着替えを手伝い、トイレまで付き添う――。毎日毎日、同じことを繰り返す。

後から聞いた話だと、父は次第に疲弊していき、常にぴりぴりするようになったという。言葉を聞き返されるだけで、イラッとして声を荒らげてしまうほどに。

介護はひたすら忍耐だ。その時間は他の何もかもを忘れ、相手に自分の人生の全てを注ぐ覚悟がなくてはいけない。だが、そんな毎日を何ヵ月も――あるいは何年も続けられる者がどれほどいるだろう。

プロならば、金銭が発生する〝仕事〟としてまだ献身できる。しかし、身内介護では、自分の生活を犠牲にし、ただただ人生の時間を消費しなければならない。

介護の大変さが理解できるからこそ、父を責める気にはならなかった。もし将来、年をとった父や母が倒れ、自分の他に介護できる人間がいなかったら？　医師としての人生を捨てて、何年も親の世話をできるだろうか。

祖母の介護で家族が険悪になる――。それは誰もが望まないことだった。

だから、祖母が余命宣告を受けるに至ったとき、ホスピスを勧めた。これ以上家族に迷惑をかけたくない、と承諾した祖母に対し、意外にも反対したのは父だった。

『母さんを他人に預けて肩の荷が下りたと胸を撫で下ろしたくない。それで死に目に会えなかったら一生後悔する』

痩せこけた顔、剃《そ》る時間もなく生やしっぱなしの無精髭、顰めっ面が染みついた表情――。今にも倒れそうな父は、弱々しい声でもきっぱりとそう言った。

他人に預けるのを望まないなら、と高井は自分が勤めるホスピス入所を勧めた。看取り期が近い身内をそばに置いておくことにためらいはあったが、当時はそれがベターな選択のように思えた。だが、祖母の苦しむ姿をいざ目の当たりにすると、後悔の念を抱いた。

元気にデイルームを利用しているうちは心穏やかでいられたが、こうしてベッドから起き上がることもできなくなり、苦痛にうめくようになると、どうしようもないほど心が掻き乱される。

「苦しむ人は何人も見てきたけど、自分がその立場になるといやなものねえ」

諦念に満ちあふれた声は、床まで沈んでいった。

胸が押し潰される。

「お祖母ちゃん……」

「人生の最期にはこんなに苦しまなきゃいけないのねえ」

「モルヒネを使えば、痛みはましになりますよ」

高井は医師としての口調で言った。距離を取ることで冷静に応対しようと思ったのだ。

祖母は「ううん」と首を横に振った。「モルヒネはいやって言ったでしょ、一正」

「ですが――」

「モルヒネを使わずに楽にして」

無茶を言う。難題を突きつけられた思いだった。

緩和ケアの現場では、呼吸困難だけでなく様々な痛みに有効なモルヒネを重用してきた。拒否する患者には、モルヒネが世界的に認められた薬物療法だと説明して納得してもらい、使用してきた。だが、身内の哀訴だと、無理強いを躊躇してしまう。

がんの進行と共に痛みが強くなるため、必然的にモルヒネの使用量も増えていく。適切に使えば、副作用や麻薬依存の心配はないが、必要量を超えて使用すると、副作用も出てきてしまう。

使わずにすむならそうしたい、という患者の気持ちも理解はできる。

「分かりました。モルヒネはまだ使わず、コルチコステロイドを使いましょう」

「モルヒネとは違うの？」

「はい。ステロイド自体には呼吸困難を抑える効果はありませんが、がん性リンパ管症や炎症の改善に効果があります。本来は疼痛や倦怠感《けんたいかん》、消化器症状、呼吸器に用いる薬剤で、症状改善のためには、全身投与を行います」

「難しい話は理解できないわ」

「日本のガイドラインでは推奨度は低いんですが、有用です」

「そうなの？」

「はい」

「……じゃあ、一正を信じて任せるわ」

説明と同意《インフォームドコンセント》が重要ではあるが、口にするのがはばかられ、伏せた部分もある。コルチコステロイドは、進行がんの呼吸困難の初期には効果がある一方、死亡数日前に悪化するケースがあるという報告もあった。使用には細心の注意が必要だ。

本人に〝死〟を意識させる話はいつも思い悩む。どのようなタイミングでどのように触れるのか。

ホスピスの患者たちが死を受け入れ、〝より苦痛の少ない最期〟を望んでいるとはいえ、デリケートな話であることは間違いない。単語の選択を誤れば、傷つけたり、落ち込ませたりしてしまう。

高井は祖母にコルチコステロイドを使用した。それでしばらくは改善したものの、日増しに症状は重篤化し、緩和ケアの限界を思い知らされた。

3

――お祖母ちゃん。

高井は診察室で丸椅子に座り、太ももに両肘《りょうひじ》をついて指を絡め、そこに額を押しつけていた。目を閉じているので、真っ暗な視界に雑音だけが忍び込んでくる。

自分が勤めるホスピスに身内を迎え入れたのは、間違いだったかもしれないと思いはじめていた。

まぶたの裏側に浮かび上がるのは、外科医として自信を持ちはじめたころの〝事件〟だった。当直の日に母が病院に運び込まれてきたのだ。車で買い物に行き、スマートフォンの〝ながら運転〟に側面から衝突されたという。

ストレッチャーで運ばれてきた重傷者の顔を見た瞬間、時が止まり、看護師の呼びかける声も遠のき、視界がぐらついた。悪夢の中に迷い込んだように思えた。

開腹手術が必要で、一刻を争う状態だった。出血多量なのに、数日前の災害の影響で輸血用の血液も不足している。きわめて集中力と繊細さが要求される手術だ。

全身が板切れのように硬直し、身動きが取れなかった。そのくせ息だけは全力疾走直後さながらに荒い。

「は、母です……」

高井は震える声でそう漏らすのがやっとだった。看護師たちがはっと顔を強張らせた。

「先生が手術しなければ、もう――」

看護師が切羽詰まった口調で言った。

メスを握れる自信がなかった。母の腹にメスを入れる想像をしたら、嘔吐感が突き上げてきた。

医学部の解剖実習でも、医師となってから経験した手術でも、冷静にメスを使えた。先輩医師からも、外科医に向いている、と太鼓判を押され、自信を持っていた。

だが、家族が患者になったら全く違った。

身内の命を背負うことはこれほど怖いのか。

「先生！」

看護師に揺さぶられ、我に返った。だが、それでも動悸は一向におさまらない。

高井は「できない……」とかぶりを振り続けた。看護師たちの視線が一身に集まっていた。眼差しに込められているのは、非難か、失望か、呆れか――。

外科部長が病院に戻ってきたのは、そんなときだった。彼は看護師から事情を聞くなり、すぐさま行動を起こした。看護師たちに的確な指示を出し、手術室へ向かう。

高井はふらふらと後を追い、手術室へ消える外科部長の背中に頭を下げた。

「どうか……お願いします」

高井は手術室の前でひたすら待ち続けた。

――母さんを助けてください。

とにかく祈った。医師ではなく、神仏に祈った。無力感を嚙み締めながら。

『手術中』のランプが切り替わると、高井は跳ね上がるようにベンチから立ち上がった。

外科部長が神妙な顔で出てきた。

「先生、母は——」

反応があるまでのほんの一秒か二秒——。その間は永遠のように長く、まるで時が凍りついていた。

外科部長は静かに首を縦に振った。

「……成功したよ」

母は——助かった。

その言葉を聞いたとき、膝からくずおれそうになった。全身が一瞬で弛緩した。

しかし、安堵の一方で外科医としての自信を失った。それからはメスを握ることが怖く、手術台の前に立てなかった。

赤の他人の手術を行うとき、〝患者〟は人であって人ではない、と自分の中で切り離していた。

だが——。

母を前に〝命〟を感じてしまった。

手術台に横たわっているのが〝患者〟ではなく人だと気づき、恐ろしくなったのだ。

そんなとき、悩みを相談した神崎医師からホスピスに誘われた。

『別の形で命の現場に関わらないか』

決断するまでには一ヵ月以上かかった。

死を受け入れ、平穏な最期を望む患者たちに必要なのは、苦痛を取り除くことであって、命を救うことではない。手術ができなくなった医師には案外向いているのではないか。

それがホスピス勤務を決めたきっかけだった。

だが、祖母の苦しみを目の当たりにしたら、当時の動揺がまざまざと蘇ってきた。

死が迫る祖母――。

赤の他人なら客観視できても、身内は違う。医学で苦痛を取り除いてやれないなら、一体どうすればいいのか。

「――先生」

八城看護師の声が耳に入り、高井は目を開け、顔を上げた。彼女が心配そうな顔で突っ立っている。

「おばあ――芳子さんの体調が」

高井はうなずき、すぐさま白衣を羽織って診察室を出た。一階の突き当りにある病室へ向かった。ドアを開けると、見舞いに来ていた両親と対面した。

「一正……お義母さんが苦しんでる……」

二人こそ激痛に襲われているかのような顔をしていた。

高井は下唇を嚙み、二人のあいだを通り抜けた。祖母は喉を押さえながら、苦悶の形相でうめいている。筋肉が削げ落ちたシミだらけの腕の皮膚は突っ張っていた。まるで羊皮紙のようだ。

「お祖母ちゃん……」

あまりの苦しみように、医師として接するのは無理だった。

家族――。

そう、目の前でうめいているのは、血の繫がった家族なのだ。今まで緩和ケアを行い、看取ってきた患者とは違う。

高井は祖母を診察した。膝がふわふわし、視野が狭まる。

「何とか痛みを取り除いてやれんのか？」

真後ろから父が切実な口調で訊いた。悲痛に引き裂かれそうな声をしている。

心が掻き乱され、神経がささくれ立つ。

家族を前にすると、これほど動揺するものなのか。その立場になって初めて思い知った。

高井はモルヒネの安全性を両親に説明した。二人は不安に縁取られた顔で聞いていた。

「モルヒネを使えば――」

祖母に向き直り、話しかけた。

「モルヒネを使うよ、お祖母ちゃん」

祖母は汗だくでうめきながら、かすれた声を出した。

「モルヒネはいや」

「もう使わなきゃ。どんどん苦しくなるから」

祖母はひゅーひゅーと息を漏らし、声なき声でまたしても『いや』と答えた。

「どうして拒むの？　モルヒネの安全性は説明したでしょ」

顔を歪めた祖母は決してうなずこうとしなかった。

「苦しみたくないでしょ」

祖母は断続的な呼吸の合間に声を絞り出した。

「苦しみたくは……ないけど、死なされたくも……ないの」

4

祖母の言葉の意味が理解できず、「え？」と聞き返すことしかできなかった。

死なされたくない——？

祖母は何を言っているのだろう。懇切丁寧に説明したはずなのに、モルヒネのことを何か誤解しているのだろうか。

そう考えたとき、ふと思い至った。

——モルヒネで安楽死させてください。

ホスピスで緩和ケアに携わっていると、稀《まれ》にそのような懇願を受けることがある。大勢が漠然とモルヒネに抱いている誤解だ。終末期のがん患者にモルヒネを使い、量を増やすと、命を縮める、というイメージがある。

祖母にも同じ思い込みがあるのか？　だがしかし、モルヒネは命を縮めたりはしないと何度も説明している。

それなのになぜ？

高井は優しく問いかけた。

すると——祖母は不安に彩られた声で答えた。

「何も感じなくなるのが怖いの。それは死と同じだから」

ある意味では、ホスピスの理念の全否定だった。

ホスピスでは苦痛を可能なかぎりなくし、患者が平穏な死を迎えられることを大事にしている。必要な延命治療がもし苦痛を引き延ばすだけならば、施すことなく、終末期のＱＯＬ《クオリティ・オブ・ライフ》を重視する。

高井は拳を握り締めた。

死とは一体何だろう。

痛みは生きている証――とよく言われる。逆に言えば、体じゅうの感覚が麻痺し、何も感じられなくなることは死と同じだ。ならば、医師の手でそのような状態に導くのは、ある種の安楽死と言えてしまうのではないか。

何が正しいのか。

患者の多くは、当たり前だが、痛みを取り除いてほしがっていた。緩和ケアとしてもそれが正しいと信じて疑わなかった。いや、今でも正しいと信じている。

だが――。

「……分かったよ、お祖母ちゃん」高井は祖母に優しく話しかけた。「モルヒネは使わず、経口の――飲む痛み止めで抑えよう」

祖母は痛々しい顔にほほ笑みを浮かべた。

「ありがとう、一正」

「いいんだよ。患者の希望を聞いて、一緒に生き方を考えていくのも緩和ケアだからね」

父が心配そうに訊いた。

「それで母さんは楽になるのか?」

高井は拳を握りながらも、両親に気取《けど》られずに深呼吸し、ゆっくり振り返った。

「楽に——なると思う」

思惑は口にできない。

高井は八城看護師に「ちょっと……」と声をかけ、廊下に連れ出した。後ろ手に病室のドアを閉める。

「……君は外してくれますか」

彼女が疑り深そうに目を細めた。

「先生、何かよからぬことを考えてらっしゃいませんよね?」

「まさか」

苦笑いしながらすぐに否定した。

彼女の頭の中に浮かんだのは、おそらく、以前この天心病院で神崎医師が起こした安楽死事件だろう。

「神崎医師の罪を知って告発した僕が愚かなまねをすると思いますか？」

「ですが――」

「何です？」

「〝患者〟と〝家族〟は違います。先生もずいぶん動揺されているご様子だったので……」

「心配は無用です。家族だからこそ、死んでほしくありません」

それもまた患者の身内の感情だろう。家族が苦痛に泣き叫ぶ姿をこれ以上見ていたくないという思いも、どんな苦痛があろうとも死んでほしくないという思いも、本物だ。

見つめ合った。眼差しの中に真意を探られる間があった。やがて八城看護師は「分かりました」とうなずいた。

高井は薬を準備して病室に戻った。それが医師にとって逸脱した行為だと承知している。

だが、祖母の痛がりようは見ていられない。がんの進行と共に苦痛が増していくことは分かっている。このままではますます苦しむことになる。

「お祖母ちゃん」高井は経口薬を見せた。「この薬を飲んで。痛みがましになるから」

祖母は「ありがとう」とつぶやき、薬を飲んだ。効果は顕著で、苦悶に強張っていた表情から緊張が抜けていく。

両親の顔に安堵が広がった。

高井は複雑な感情に胸を掻き乱されたまま、静かにうなずいた。拳に力が入る。

祖母に経口投与したのは——モルヒネだった。一般人の多くが——時には医療の記事を書いている記者であっても——誤解しているが、モルヒネは打つものだけではなく、経口で投与するものもあるのだ。

患者の同意なく、薬を用いた。医者としてそれは決して許されない行為だ。

しかし——。

他に方法がなかった。

——他に方法がなかった。

それは神崎医師が法廷で口にした〝弁解〟だった。緩和ケアの限界で他に方法がなく、患者を楽にしたのだ——と。

高井は歯が軋《きし》むほど強く嚙み締めた。

自分は今、疑似的な安楽死に手を染めたのだ——。

祖母がモルヒネの使用で苦痛をなくすことを死と考えているならば、それを与えた自分は安楽死を実行したのと何ら変わらないのではないか。

自分でも不合理だと理解している。

モルヒネは患者の痛みを取り除き、穏やかな気持ちで終末期を過ごせるようにする医療用麻薬だ。笑顔がまた作れるようになり、むしろ寿命が延びる。安楽死とは対極にある。だが、なぜ感情がさざ波立つのだろう。

問題はモルヒネではないのだ。苦痛を取り除く手段が患者にとっての死であるなら、その無断行使は正しいことなのか、という倫理の命題なのだ。

今、初めて神崎医師の気持ちが理解できた。三人の患者を安楽死させたとして殺人罪に問われた彼の気持ちが。

祖母の苦痛が緩和されたのを確認すると、病室を出た。他の患者を順番に回診していく。

特にホスピスに入ったばかりの患者は、本人のことがまだ何も分からず、信頼関係も築けていないから、丁寧に接していく。しっかり話を聞いて想いを理解する。

「――他に何かありますか？」

末期の膵臓《すいぞう》がんでホスピスに入ってきた中年男性は、鬱然とした顔で言った。

「一日でも早くあの世へ行きたいね」

「それは――」

高井は不意打ちにたじろぎ、言葉を失った。

「正直な反応をするね、先生」中年男性は苦笑した。「その点、臨床心理士《カウンセラー》の先生は話をよく聞いてくれるよ。『全人的な痛み《トータルペイン》を緩和するために、感じていることは全て話してください』ってさ」

トータルペイン――。

身体的な苦痛。仕事や収入、地位の喪失で抱く社会的な苦痛。診断や治療方針への不満や死への恐怖や絶望による精神的な苦痛。理不尽な現状に対する神仏への怒りや、人生そのものの意味を問う悩みなどのスピリチュアルな苦痛――。それらを全て含めてトータルペインと呼び、ホスピスでは気にかけている。

「ま、俺の周りに人は残ってないし、この世に未練もないしさ。苦痛が強まる前に死にたいって思うよ」

「今からでもできることはあると思いますよ。何かされてみたいことはないんですか？」

「ないね。誰の言葉だったか、人生は死ぬまでの暇潰し、なんて格言もあるし、だったらもう充分だよ。本当は余命宣告を受けた時点で自殺も考えたけど、人に迷惑をかける死に方もどうかと思ってさ。それでホスピスに来たんだよ」

「そうでしたか。少しでも平穏な時間が過ごせるよう、医師もスタッフも努力しますので」

「さくっと死なせてくれればいいんだけどな」

「いえ、そんなことは――」

中年男性は「なあ、先生」と声を潜めた。

「何です？」

「先生は知ってるかい。〝安らかな死〟を与えてくれる闇医者の話を」

ホスピスで聞かされるには不穏すぎる単語だった。

安らかな死。闇医者。

「どこかの繁華街のどこかの雑居ビルでひっそり開業してるんだってさ」

秘密裏に安楽死を行っている闇医者？

まさか、と思う一方、単なる都市伝説として一笑に付すことはできなかった。生々しく想像が駆け巡ってしまった。

神崎医師――。

5

有罪。懲役二年。執行猶予三年。

起訴された三件のうちの一件で有罪になった神崎医師の判決だった。検察側は実刑を求めて控訴したものの、高等裁判所では一審判決が支持され、確定した。

神崎医師はこちらの世界にもう戻っているのだ。

噂の闇医者が患者を自ら引き受けているとしたら——。

ホスピスから自宅介護に切り替えた者の中に、接触した人間がいるのではないか。

高井は他のホスピスの医者たちにそれとなく尋ねてみた。一ヵ月以上かけて情報を集め、そこを突き止めたのは、十二月上旬のことだった。

午後七時半、夜の闇がネオン看板の明かりも飲み込みそうなほどに深く覆いかぶさっている。

繁華街に足を運んだ高井は、雑居ビルを見つめた。コンクリートの階段が地下へ降りている。

情報が正しければ、噂の闇医者はここに——。

高井は階段を降りていくと、壁にあるブザーを押し込んだ。心音が若干駆け足になっていた。

二度目は押さず、ただ待った。

ドアの向こうから物音は全く聞こえてこない。常に来訪者を警戒しているのだろうか。噂が正しければ、当然だろう。

雑多な喧騒から切り離された闇の中に突っ立っていると、非現実な空間に閉じ込められた気がしてくる。

もう一度ブザーを押そうか悩んだとき、開錠される音がし、ノブが回った。

ドアがゆっくり開きはじめると、一瞬で全身が緊張した。薄暗い中に立っていたのは――やはり神崎医師だった。

推測の的中を望んでいなかったにもかかわらず、なぜだか安堵も覚えた。

「高井君……」

「神崎先生……」

互いに発する言葉が見つからず、すぐ静寂が降りてきた。

先に沈黙を破ったのは、神崎医師だった。

「なぜ君がここに――？」

なぜだろう。

彼の愚行を止めたかったのか、祖母の苦痛を目の当たりにして彼と一度話をしてみたかったのか。自分でも定かではない。

「噂を聞き、もしや、と」

「噂というのは？」

彼に動揺は微塵《みじん》もなく、抑えた声で聞き返した。

「……安楽死」

禁忌の響きを帯びる単語を恐る恐る口にした。

神崎医師がスーッと目を細めた。それは瞳に宿る感情を隠そうとしたようにも見えた。

奥から物音が聞こえたのはそのときだった。

高井ははっとして神崎医師の肩ごしに廊下の先を見やった。

「今のは――」

神崎医師はさも当たり前のように「患者だよ」と答えた。

「まさか、これから――」

その先は空恐ろしく、口にできなかった。

神崎医師は踵を返した。廊下の奥へ歩いていく。

高井は困惑しながら彼の背中を見つめた。だが、追い返されなかったのはそういうことなのだ、と思い、後ろ手にドアを閉めた。神崎医師を追う。

奥のドアの先は病室になっており、三床のベッドがあった。そのうちの一床に老人が寝ていた。

「――苦しいですか？」

神崎医師がベッドの前に立ち、話しかけていた。その声音は優しく、撫でさするようだった。

老人は皺だらけの顔に微笑を浮かべた。

「いや。今は平気だよ。ただ、少し眠りたいね」

「そうですか。では、隣の部屋にいますね」

神崎医師は高井を振り返ると、目で語り、隣室へ向かった。隣は診療室になっていた。

神崎医師はホワイトボードの前で向き直った。

「話を――しようか」

高井は覚悟を決めた。

「神崎先生が起こした事件――」

「君にとっては〝事件〟なんだね」

無意識の単語の選択を指摘され、高井は思いがけず動揺した。返事に窮する。

「意地悪を言ったね。君が安楽死を〝罪〟だと思っていなければ、証拠を集めて水木さんの遺族に手紙を送ったりはしなかっただろう」

「……ご存じだったんですか」

「君が八城看護師に証拠の入手を頼んだことも知っているよ。彼女は思い悩んで、私に打ち明けてきたからね」

「え？」と驚きの声が漏れた。

彼女には神崎医師への疑念を語り、彼の凶行の証拠の入手を頼んだ。まさか本人に打ち明けていたとは思わなかった。

「しかし、彼女は証拠を持ってきました。彼女があなたを探っていることを承知だったなら、なぜ止めなかったんですか」

「私が託したからだよ。これを君に渡してほしい、と」

信じられない告白に愕然とした。

「な、なぜそんなことを――」

神崎医師は視線を脇に流した。

「……私は安楽死が正しいと信じて行ったわけじゃない。他に選択肢がないと考えて、実行した。だからこそ、葛藤したし、実行後も苦悩した。誰が好きこのんで人の命を奪いたい？」

彼の苦悶に満ち満ちた声が胸を掻き毟る。

「二人目を手にかける前に君に気づいてもらえたのは、私にとって幸運だったのかもしれない。そう思った」

止めてほしかった――。

「なぜ他の二件を否定しなかったんですか？」

神崎医師は顔を戻した。視線が絡み合う。彼の眼差しには悔恨が揺らめいている気がした。

「法廷で証人たちが何を語ったか、君は知っているのか？」

「……一応」

彼が罪に問われた三件の安楽死を事件の発生順に並べると――。

「一件目は、大学生の息子さんがいた川村富子さんでしたね。突然、意識がなくなり、三日後に亡くなりました」

神崎医師が小さくうなずいた。

「二件目は、曾我文江さんでした。八十九歳の女性で、心臓が弱り、認知症を患っていて、末期のがんでした。原因不明の急死です」

神崎医師がまたうなずく。

「三件目は、元ボクサーの水木雅隆さん。末期がんでしたが、塩化カリウムの多量投与で死に至りました」

「そうだね」

「僕はあなたが三件の安楽死を行ったと思っていました。許されない行為だと思い、告発を……」

「必ずしも間違いではない」

川村富子の安楽死事件では、塩化カリウムなどの薬剤を投与して死に至らしめたのではなく、緩和ケアでは当たり前に用いられている終末期鎮静《ターミナルセデーション》を行っただけだった。鎮静剤を投与すると、患者はもう会話ができなくなり、死のそのときまで眠る。八城看護師から聞いた話によると、ターミナルセデーションは鎮静であって安楽死ではないのだが、投与する側は簡単には割り切れない。だから正直な気持ちを神崎医師に伝えた。彼は理解を示し、自ら投与を行ったという。

曾我文江の安楽死事件では、兄の曾我恒靖が法廷に立ち、『枕を顔に押しつけて窒息死させたのは自分だ』と衝撃の告白をした。神崎医師はおそらくその事実を知りながら黙秘していた。

神崎医師が実際に手にかけたのは、元ボクサーの水木雅隆だけだ。苦痛を見かね、塩化カリウムを投与したという。妻は、自分たちの同意なく命を奪われた、と法廷で訴えた。

結局、神崎医師は水木雅隆の一件のみで有罪になった。

神崎医師は覚悟を決める間を作るように、細く、長く息を吐いた。

「……私が安楽死というものを真剣に考えるようになったのは、川村さんの鎮静がきっかけだった。実際に自分でターミナルセデーションを行ったとき、私は思ってしまった。これは安楽死と何が違うのか、と。どんな論理で言い繕っても、本質は同じではないか、と」

ターミナルセデーションはまだ施したことがない。神崎医師のように自ら患者に投与すれば、同じように感じるのだろうか。今の自分には判然としない。

だが、神崎医師がそう感じた事実は否定できない。

「しかし、それも疑似的なもので、本物の安楽死ではない。私は本当の意味でまだ安楽死とは向き合っていなかった。それを思い知らされたのは、曾我さんから妹さんの安楽死を乞われたときだった。当然、受け入れられず、拒否した。言葉を尽くし、説得した。彼は分かってくれたと思ったが……実際は違った。私の代わりに彼が手にかけてしまった」

神崎医師は当時の気持ちを語った。

曾我の犯行を知ったとき、激しく動揺したという。自分が安楽死を断った結果、患者の家族に手を下させてしまった――。

責任を感じ、無力感に打ちのめされた。だから自分が疑われても曾我の罪を明かすことはできなかった。

「医師が患者を救わねば、患者の家族が罪を犯してしまうことがある。そう思い至ったとき、倫理を理由に安楽死の懇願を突っぱねることが正しいのか思い悩むようになった。ターミナルセデーションで疑似的な安楽死を体験し、曾我さん自身に罪を犯させてしまった後、私の中でますます葛藤が強まった。安楽死を全否定すべきなのか、と」

今なら神崎医師の葛藤は少なからず理解できる。祖母の苦しみうめく姿を目の当たりにし、本当の意味で当事者の苦痛を切実なものとして考えるようになった。あのような激痛が無駄に長引くならば、死しか救いがないのではないか。

そう考えてしまう。

「私は川村さんと曾我さんの件を体験した後、元ボクサーの水木さんに安楽死を乞われた。もちろん、私もすぐに応じたわけではない。葛藤があった。強い葛藤が。だが、水木さん本人と話し合い、揺るがぬ意志を確認し、他に方法がなかったとき——決意した」

聞き漏らしそうになった。

水木雅隆本人と話し合った——？

「本人や家族の同意なく、安楽死を実行したのでは？」

神崎医師は失言を悔いるように口元を歪めた。だが、ふっと表情から力を抜いた。

「墓場まで持っていくつもりだったが、違う。水木さん本人の希望だった。ただ、その真意を明かすと、彼の奥さんが傷つく事情があって私は公の場では口をつぐんだんだよ」

神崎医師の話を聞き、彼の行為は本当に罪だったのか、なおさら分からなくなった。

　告発した自分が正しかったのかどうかも。

「話を伺っていると、神崎先生は今でも悩まれています。しかし、それならばなぜ、〝闇〟で安楽死を行っているんですか」

「闇？　医師免許は剝奪されていないよ」

「それは承知しています。医師免許の有無ではなく……。このような雑居ビルの地下で、安楽死を望む患者を秘密裏に受け入れているのは、〝闇〟も同然では？」

　神崎医師は口元にうっすらと笑みを刻んでいる。

　彼の達観した表情を目の当たりにし、初めて気づいた。神崎医師になぜ会おうと思ったのか。会いたいと思ったのか。心の中では色んな動機で取り繕っていたが、自分は彼が――。

「僕は先生が心配なんです」

　そう、心配だったのだ。

「執行猶予中に安楽死を行ったら、実刑を免れませんよ」

　そもそも、安楽死の是非を彼に問うてどうする？　彼が必要だと断言したら自分も祖母を手にかけるのか？

　そんな道徳や倫理に答えを出したかったわけではない。

「先生！」

「……私は私がすべきことをしている」

「あなたはジャック・ケヴォーキアンになるつもりですか？」

有名なアメリカ人医師ジャック・ケヴォーキアン。彼は末期患者の積極的安楽死の肯定論者だった。ギリシャ語で〝死の機械〟を意味する『タナトロン』と、〝慈悲の機械〟を意味する『マーシトロン』という二つの自作の装置を使い、薬物や一酸化炭素で患者を死に至らしめた。殺人罪で服役後も、一貫して安楽死の必要性を唱えた。

「……私は医者だよ。神になろうとは思っていないし、なってはいけない」

神崎医師の目にも声にも、悲愴な覚悟が宿っているように思えた。

そのとき、病室のほうから老人の咳が聞こえた。神崎医師は隣室を振り返ると、診察室を出て行った。

高井は彼の後を追った。

神崎医師はベッドに近づき、「呼吸が苦しいですか？」と訊いた。老人は唾を撒き散らしながら咳き込み、二度、三度とうなずいた。肺が破れそうな咳だった。

「すぐ楽にしてあげますからね」

高井は彼の言葉に緊張を覚えた。だが、想像した行為をするわけではなく、神崎医師は老人の上半身を起こした。ベッドの足側にある扇風機の高さを調節し、スイッチを入れた。低めに温度設定されている室内に冷たい風が流れはじめる。

扇風機の風は老人に直接向けられている。

神崎医師は団扇《うちわ》を取り上げると、老人に向かって扇《あお》ぎはじめた。パタパタと音がする。

一体何をしているのだろう。呼吸困難には薬物療法が最適解だ。低めの室温や気流が緩和ケアでは大事とはいえ、モルヒネやコルチコステロイドほど効果があるわけではない。

神崎医師は冬にもかかわらず汗みずくになり、ひたすら団扇で風を送っていた。

老人の呼吸が次第に落ち着いていく。顔を歪めるようにしたほほ笑みを神崎医師に向ける。

「楽になったよ、先生」

神崎医師は額の汗を拭った。

「それは何よりです」

笑みを返しながらも、扇ぐのをやめようとはしなかった。

「先生……」高井は彼の後ろから声をかけた。「薬物療法は――？」

神崎医師は背を向けたまま、静かな口調で答えた。

「本当に必要な状態まで、極力使わないようにしているんだよ」

「呼吸困難を訴えられるたび、団扇で？」

「送風の効果は実証されている。軽視している医者も多いけどね」

神崎医師は説明した。研究によると、呼吸困難NRS3以上の進行がん患者に対し、設置型扇風機で五分以上顔に送風した結果、九人中六人はNRSが1以上低下したという。他にも、効果を実証する研究結果が出ている。

「必ずしも薬がベストではないよ。すぐに薬に頼るのは、医師の怠慢でもある。私は緩和ケアに取り組むうち、そう考えるようになった」

老人の呼吸困難がおさまると、神崎医師は彼をベッドに横たえ、マッサージをはじめた。全身を使って筋肉を揉んでいく。

「……すまんね、先生」

「いいんですよ。人は誰しも安らかな時間を過ごす権利があります。私はそのお手伝いをしているんです」

「ありがとう、先生」

老人が微笑を返し、目を閉じたとき、ブザーが鳴った。神崎医師が応対に出ていく。

取り残されると、高井は老人を見つめた。ずいぶん落ち着いているらしく、胸が緩やかに上下している。

彼は後どのくらい生きられるのだろう。いや、神崎医師はいつ彼を眠らせるつもりなのか。

神崎医師が戻ってくると、中年男性が付き従っていた。彼は高井に目を留め、軽くお辞儀をした。

神崎医師の仲間だと思われただろうか。

高井は目礼を返した。

中年男性はベッドに近づき、老人を見下ろした。労わるように二の腕を優しく撫でる。

神崎医師は中年男性を見て言った。

「息子さんです」

息子――。

彼は父親の安楽死に賛成しているのだろうか。

中年男性は老人に話しかけた。

「父さんからの誕生日プレゼント、美菜《みな》も大喜びだったよ。ありがとうな」

老人はゆっくりと目を開け、嬉しそうにほほ笑んだ。顔にくしゃっと皺が寄る。

「昨日で六歳か。大きくなったな」

「明日は見舞いに連れてくるよ」

「楽しみだな。久しぶりに顔を見られる。クリスマスプレゼントも——贈りたいな」

「贈ってやってよ。美菜も喜ぶ」

「それまでは——生きなきゃな、何が何でも」

二人の会話には安楽死を匂わせるものは何もなかった。

神崎医師は中年男性に「お話の邪魔になりますので、私たちは診察室にいます。何かあれば声をかけてください」と言い残し、白衣を翻した。

高井は彼と共に診察室に入った。

神崎医師は天井を仰ぎ見ると、重々しいため息をついてから、丸椅子に腰を落とした。右手で右脇腹を押さえた。うめきを漏らし、顔を顰める。

「大丈夫ですか？」

気遣うと、神崎医師は小さく笑みをこぼした。そこには自嘲が混じっていた。

「実は——私もやってしまったみたいでね」

「やってしまったって、何を——」

神崎医師は、分かるだろう、という顔で脇腹を撫でた。

高井は両目を見開いた。

がん——。

神崎医師は微苦笑を浮かべた。

「驚くことはあるまい。二人に一人はがんになる時代なのだ」

「しかし！」高井は絶句し、言葉を絞り出すのに相当な覚悟が必要だった。「い、一体いつ――」

「拘置所で倒れてね。検査を受けて発覚した。医者の不養生だよ。不調は以前からあったが、日々のストレスのせいだと思い込んでいた。自己暗示だったのかもしれん。そういう患者を山ほど見てきたにもかかわらず、いざ自分のことだと選択を誤ってしまう。放置していて、逮捕されることで救われるとは皮肉なものだ」

自分が彼の立場なら、天罰が当たったのだと考えてしまうかもしれない。たとえ、罪を犯す前に病の種が体内に蒔《ま》かれていたのだとしても。

それは、安楽死を殺人行為だと考えている自分だからそう思うのだろうか。

「病期《ステージ》は――」

高井は震えを帯びた声で訊いた。

ステージとは、がんの進行度を示す言葉だ。0期からⅣ期の五段階に分けられている。

神崎医師は、ふっと息を漏らした。

「プライバシー――ということにしておいてもらおう。何にせよ、今すぐどうこうという話ではないのでね」

それを信じていいのだろうか。今の神崎医師ならば、たとえ余命宣告されていたとしても、隠そうとするかもしれない。

ノックの音がした。

「どうぞ」

神崎医師が応えると、ドアが開き、中年男性が顔を出した。泣き笑いのような表情を浮かべている。

「先生……本当にありがとうございます。おかげさまで、父もかなり楽なようで、笑いかける余裕もあります」

「何よりです」

「ホスピスの緩和ケアでも、苦痛とは無縁ではいられなかったのに……先生に出会わなければ、きっと後悔と共に死に別れたでしょう。感謝してもしきれません」

「残された時間、少しでも苦痛がなく、一分一秒でも長く家族と一緒にいられることこそ、緩和ケアにおいて大切なことですから」

「本当にそう思います。もし安楽死をさせてしまっていたら——」

中年男性は神妙な顔つきで語っていた。

危うく聞き流しそうになった。

「あなたは安楽死を望んで、神崎先生にお父さんを託したのでは……」

中年男性が首を捻った。

高井は意を決し、抱いていた想いと事情を全て話した。闇で〝安らかな死〟を与えている医者がいるという噂を聞き、神崎医師ではないかと心配し、ここを捜し当てたのだ、と。

中年男性は強張っていた表情を緩めた。

「僕も――そうでした」静かな口調で語りはじめる。「〝安らかな死〟――すなわち安楽死を実行している闇医者の噂を聞き、ここを訪ねたんです。そして神崎先生に父の死をお願いしました。僕も父も、覚悟を決めて、同意していたんです。しかし、神崎先生は父を死なせるのではなく、懸命に苦痛を和らげようとしました。僕は理解できず、どういうことなのか、神崎先生を問い詰めました」

「神崎先生は何と？」

中年男性の代わりに答えたのは、神崎医師だった。

「〝安らかな死〟は医師が与える人工的な死ではない。文字どおり、苦痛がない最期の時間を最期まで生き、死ぬことだよ」

高井は唖然として神崎医師を見返した。

「私はそれこそが究極の緩和ケアだと考えている」

究極の緩和ケア――。

〝安らかな死〟は、安楽死の隠語だとばかり思っていた。神崎医師は苦しむ患者に闇で死を与えているのだと。

「神崎先生はここで安楽死を行っていたんじゃ――」

「……ホスピスには各専門家が揃《そろ》っている」神崎医師は指を折りながら語った。「医師、看護師、薬剤師、ソーシャルワーカー、管理栄養士、臨床心理士《カウンセラー》――。全員がチームで連携し、緩和ケアに当たる。それは良いことだし、効率的だと思う。だが、チームを組めば、責任も分散される。そこに甘えがないか。私は悩んだ。医師としてもっと患者と徹底して向き合うべきではないか。医師にはもっとできることがあるんじゃないか……」

高井は黙ってうなずいた。

「……私は法廷に立ち、改めて自分の罪と向き合った。必ずしも安楽死が間違いだったとは思わない。あのとき、あの瞬間、あの状況の中だからこそ、選択した苦渋の決断だった。その場に立っていた人間にしか分からない心情もある。だが、本当に別の手段はなかったのか、今でも考える」

後悔にも似た揺れる感情――。神崎医師の口ぶりからはそれが伝わってくる。

「答えは――出たんですか」

「答えか。答えなのかは分からない。だが、私は自分の病を知り、医師としてだけではなく、患者として、命のあり方を考えるようになった」

「はい……」

「患者に安楽死を切望させてしまったとしたら、医師の力不足だ。医師自ら患者を手にかける行為は、それを認めてしまっているに等しい。安楽死が医師の努力義務の放棄だと気づいたとき、医師には――いや、私にはもっとできることがあるんじゃないか、と思うに至ったんだよ」

神崎医師は決然とした口調で言った。

「私は患者の命に一人で責任を持ち、一人で向き合ってみよう、と考えた。そうすることで、本当の意味で患者を救えるような気がしたんだよ。だから、今、全身全霊で緩和ケアを行っている」

終末期の患者を診る医師としてのあり方――。

神崎医師の話を聞き、祖母への行為は正しかったのか分からなくなった。本人の希望に反し、モルヒネを用いた。医師としては決して許されない独断の医療行為だ。家族だから――と正当化した。

本当に他の選択肢がなかったのか。思考を放棄し、安易な手段に逃げてしまったのではないか。

神崎医師のように患者と徹底的に向き合い、その希望を聞き、お互いに納得した緩和ケアを行うべきではなかったか。

――お祖母ちゃん。

高井は歯を噛み締めた。

まだ、時間はある。何が最善か、残された時間の過ごし方を祖母と話し合ってみよう。

「……今日はお会いできてよかったです」

高井は神崎医師に頭を下げた。

6

神崎医師から連絡があったのは、彼が老人を看取り、高井が祖母を看取ってから二週間後――。一月の終わりだった。

粉雪が舞い散る夜の公園でベンチに隣り合って座った。街灯の明かりの周りでは、冬尺蛾《ふゆしやくが》が纏わりついていた。人通りはなく、雪風の音しか存在していない。

「高井君……」

神崎医師は前方の薄闇を見つめたまま、口を開いた。

高井は彼の横顔を一瞥した後、前に向き直った。

「私を看取ってほしい、と言ったら、君は応じてくれるか？」

高井は神崎医師を見ないまま、しばし思案した。恩師の死――。それは直視を避けたい現実には違いない。

だが――。

「はい」

高井は慎重にうなずいた。

「私は苦しむかもしれないし、苦痛に耐えかねて君に安楽死を乞うかもしれない」

「僕が――苦しめません。〝安らかな死〟を迎えられるよう、全身全霊で緩和ケアを行って、看取ります」

隣からふっと穏やかな笑い声が聞こえた。

「ありがとう、高井君」

高井は神崎医師を見た。彼の手の甲や頬に雪が散り、すぐに溶けて消えていく。

体温。血の通った肉体――。

それはたしかに生きている証だった。

粉雪が舞う中、高井は黙ってベンチに座ったまま、遠くない将来、必ず訪れる彼の死について考え続けた。

○参考文献

『尊厳死を選んだ人びと』ヘルガ・クーゼ編　吉田純子訳（講談社）
『安楽死　生と死をみつめる』ＮＨＫ人体プロジェクト編著（日本放送出版協会）
『操られる死〈安楽死〉がもたらすもの』ハーバート・ヘンディン著　大沼安史、小笠原信之訳（時事通信社）
『死ぬ権利はあるか　安楽死、尊厳死、自殺幇助の是非と命の価値』有馬斉著（春風社）
『許されるのか？　安楽死［安楽死・尊厳死・慈悲殺］』小笠原信之著（緑風出版）
「現代思想」２０１２年６月号（青土社）

解説

佳多山大地（書評家）

人を教唆し若しくは幇助して自殺させ、又は人をその嘱託を受け若しくはその承諾を得て殺した者は、六月以上七年以下の懲役又は禁錮に処する。

——刑法第二〇二条（自殺関与及び同意殺人）

正直言って、死ぬのは怖い。まさか今日や明日には、いや、どうあっても二、三年は死ぬはずがないと高をくくって普段は平気でいるけれど……ふとした拍子に、死ぬのが怖くなる。もし自分が死んだら、どうなって、どこへ行くんだろう？「人生百年時代」とやらの半分の坂を越えたいい大人のくせに、まるで十歳のころの子どもごころに怯えたのと同じくらい、必ず自分も死ぬのだという現実に圧《お》しつぶされそうになるときがある。もちろん、ありとあらゆる宗教が〈死後〉について何か安心材料を与えてくれるみたいだが、残念ながら自分は生来、信仰心の足りない人間のようである。それでも将来、根治不能な病で床に臥《ふ》し、死の恐怖をはるかに上回る痛みに襲われたとしたら――こんな自分でも医者の腕にすがりつき、「先生の手で俺を死なせてほしい」と訴えるだろうか？

江戸川乱歩賞出身（二〇一四年『闇に香る嘘』で第六十回乱歩賞を獲得）の実力派、下村敦史《しもむらあつし》の手になる本書『白医《はくい》』は、いわゆる安楽死をテーマにした医療小説である。主要舞台となるのは、東京郊外に所在する天心《てんしん》病院。現代の医学では治療回復が困難な病が進行し、死期が近いと判断された患者の肉体的・精神的苦痛をすこしでも和らげることに重点を置くホスピスだ。しかし意外にも、物語はその病院ではなく法廷の場面から幕を開ける。被告人は、本書の中心人物と認めていい神崎秀輝《かんざきひでき》医師。ベテランの医師である神崎は、自分が担当していた三人の患者を安楽死させた疑いで逮捕され、裁判にかけられているのだ。

神崎医師が診《み》ていた患者の一人、水木雅隆《みずきまさたか》は二十七歳の若さでホスピスに入院していた。全身に癌《がん》が転移し衰弱した彼に、かつてプロボクサーだったころの迫力はもうない。患者の妻は、一人息子の将来のためにも夫に生きてほしいと願い、最後まで奇蹟を信じて懸命に尽くしているように見えたが……神崎医師は彼女が「あなたがしぶとく生きてたらいい加減迷惑なの！」などと辛辣な言葉を夫に浴びせているのを病室の外で漏れ聞いていた。法廷の場で、涙ながらに神崎医師を責める彼女の〝裏の顔〟とは？

助かる見込みはなく、しかも耐えがたい痛みに苦しむ患者に致死性の薬物を与えることで〝尊厳ある死〟をもたらすとされる安楽死。かくも重たい医療テーマに挑んだ『白医』は、一般に連作長編と呼ばれる物語形式が取られている。元プロボクサーの水木が人生のリングから降りる第一話「望まれない命」を皮切りに、物語は神崎医師の裁判の行方を睨みつつ、時間軸も融通無碍《ゆうずうむげ》に六つの話が連なって、ひとつの長編作品をなす構成だ。いずれも神崎医師が関わる話だけれど、いまや法廷に引き出された神崎が真に主役といえるのは第一話だけ。神崎と同じホスピスに勤める後輩医師や看護師、また患者自身や患者の家族が主役となる第二話以降の話は、第一話がそうであるように、それぞれ独立して味わえるものになっている。

患者本人の希望を確認のうえ医療行為として行われる積極的《アクティブ》な安楽死は、海外だとスイスやアメリカ（の一部の州）、コロンビア、オランダ、カナダ、スペイン、ニュージーランドなどで合法化されているが、わが国日本では嘱託殺人罪等が適用される。本書『白医』では、件《くだん》の医療行為の倫理的な是非を真摯に読者へ問いかけながら、ホスピスにて終末期の緩和ケアを施す側（医師、看護師）と施される側（患者と患者の家族）がともに最良と信じられる道をさぐる濃密な人間模様《ヒューマン・ドラマ》が織りなされる。医療小説として、本書はまぎれもなく一級品だ。

さらに、さきほど個々の話は独立して味わえると評したのは、どの話もバラエティに富んだ〝仕掛け〟があり、一編の推理小説《ミステリー》として工夫が凝らされているということ。元プロボクサーの死を描いた第一話や、入院中の妹を殺したのは神崎医師ではなく自分だと九十二歳の兄が証言して法廷をどよめかす第四話「奪われた命」は、殊《こと》に乱歩賞作家らしい鮮やかな逆転劇の仕上がりだ。そう、もともと医療小説とミステリーは、人の生き死にを扱うことにジャンル小説としての核心があると見ていいはずであり、だからこそ掛け合わせの相性もいい。本書『白医』は、日本ではいまだ容認されていない安楽死という社会派テーマに正面から取り組み、意外性も抜群の一級品のミステリーでもあるのだ。

すでに述べたとおり、日本では法律上、医師による積極的な安楽死は刑事罰の対象となる。作中の第一話で神崎医師が、安楽死させてくれるよう望む元プロボクサーに対し「それは――殺人です（中略）自殺幇助《じさつほうじょ》と同じで六ヵ月以上、七年以下の懲役、または禁錮《きんこ》ですね。殺人罪よりは軽いですが、罪になります」と、それを定めた刑法について言及している。この解説の冒頭に当該条文を示しておいたが、本書の初刊単行本が世に出たあと、同条文の一部が改まっていることにも触れておこう。二〇二二年の通常国会において刑法等の一部法改正が成立し、「懲役又は禁錮」のところは新設の「拘禁刑」とされた。刑事施設に拘置し所定の刑務作業を課す「懲役」と、刑事施設に拘置するが刑務作業は義務としない「禁錮」とを分けるのをやめ、罪を犯した者の「改善更生を図るため、必要な作業を行わせ、又は必要な指導を行うことができる」とする拘禁刑に一本化されたかたちだ。改正刑法の施行は、来年（二〇二五年）六月一日からとなる。

——それにしても。関係する刑法の一部改正より何より、本書『白医』の成立前後は日本が、いや世界中が、新型コロナウイルスの感染爆発《パンデミック》に震撼した数年間だった。もともと本書は、夕刊紙「日刊ゲンダイ」二〇一九年七月一日号から同年十二月二十六日号に連載された『残された命』を加筆修正のうえ改題刊行したもの。連載中はぎりぎりコロナ禍襲来のまえだったが、二〇二一年五月の単行本刊行時は日本が三度目の緊急事態宣言下（一年延期されていた東京オリンピックの開催期間を含む）にあったときだった。そして今、読者が手に取られている文庫版は、昨年（二〇二三年）五月に新型コロナウイルス感染症が「5類移行」されたことを象徴的な区切りとする、いちおうの収束後の世に流通する運びとなったわけだ。

じつに、ほんのすこしまえの経験である、疫病の時代。特に新型コロナワクチンが開発されて接種が始まるまでは、日本と世界の感染死者数を毎日のように新聞・テレビで目にするたび、人の死の数値化に馴らされていくようだった。三度目の緊急事態宣言下に『白医』を読んだとき、あの感染死者数を知らせる大きな数字も、患者と患者の家族にとってはただの一ではない個別の死が積み上げられたものなのだと改めて向き合わされたことを思い出す。おのおの読者が、かけがえのない命の意味を問い直すきっかけとなるはずの一冊だ。

●本作は二〇二一年五月に、小社より刊行されました。
文庫化にあたり、一部を加筆・修正しました。

|著者| 下村敦史　1981年京都府生まれ。2014年『闇に香る嘘』で第60回江戸川乱歩賞を受賞しデビュー。同作は数々のミステリーランキングで高い評価を受ける。短編「死は朝、羽ばたく」が第68回日本推理作家協会賞短編部門候補、『生還者』が第69回日本推理作家協会賞の長編及び連作短編集部門の候補、『黙過』が第21回大藪春彦賞候補に選ばれた。他の著作に『緑の窓口 ～樹木トラブル解決します～』『同姓同名』『ヴィクトリアン・ホテル』『アルテミスの涙』『ロスト・スピーシーズ』『逆転正義』『そして誰かがいなくなる』などがある。

白医《はくい》
下村敦史《しもむらあつし》

2024年4月12日第1刷発行

発行者――森田浩章
発行所――株式会社　講談社
東京都文京区音羽2-12-21　〒112-8001
電話　出版（03）5395-3510
　　　販売（03）5395-5817
　　　業務（03）5395-3615

Printed in Japan

講談社文庫
定価はカバーに
表示してあります

KODANSHA

デザイン―菊地信義
本文データ制作―講談社デジタル製作
印刷―――株式会社KPSプロダクツ
製本―――株株式会社国宝社

ISBN978-4-06-534578-8

講談社文庫刊行の辞

二十一世紀の到来を目睫に望みながら、われわれはいま、人類史上かつて例を見ない巨大な転換期をむかえようとしている。

世界も、日本も、激動の予兆に対する期待とおののきを内に蔵して、未知の時代に歩み入ろうとしている。このときにあたり、創業の人野間清治の「ナショナル・エデュケイター」への志を現代に甦らせようと意図して、われわれはここに古今の文芸作品はいうまでもなく、ひろく人文・社会・自然の諸科学から東西の名著を網羅する、新しい綜合文庫の発刊を決意した。

激動の転換期はまた断絶の時代である。われわれは戦後二十五年間の出版文化のありかたへの深い反省をこめて、この断絶の時代にあえて人間的な持続を求めようとする。いたずらに浮薄な商業主義のあだ花を追い求めることなく、長期にわたって良書に生命をあたえようとつとめるところにしか、今後の出版文化の真の繁栄はあり得ないと信じるからである。

同時にわれわれはこの綜合文庫の刊行を通じて、人文・社会・自然の諸科学が、結局人間の学にほかならないことを立証しようと願っている。かつて知識とは、「汝自身を知る」ことにつきていた。現代社会の瑣末な情報の氾濫のなかから、力強い知識の源泉を掘り起し、技術文明のただなかに、生きた人間の姿を復活させること。それこそわれわれの切なる希求である。

われわれは権威に盲従せず、俗流に媚びることなく、渾然一体となって日本の「草の根」をかたちづくる若く新しい世代の人々に、心をこめてこの新しい綜合文庫をおくり届けたい。それは知識の泉であるとともに感受性のふるさとであり、もっとも有機的に組織され、社会に開かれた万人のための大学をめざしている。大方の支援と協力を衷心より切望してやまない。

一九七一年七月

野間省一

講談社文庫 最新刊

下村敦史
白医
ホスピスで起きた三件の不審死。安楽死の疑惑をかけられた医師・神崎《かんざき》が沈黙を貫く理由とは――。

輪渡颯介
捻《ねじ》れ家《が》〈古道具屋　皆塵堂〉
消えた若旦那《わかだんな》を捜せ！　神出鬼没のお江戸の幽霊屋敷に、太一郎も大苦戦。〈文庫書下ろし〉

上田岳弘
旅のない
コロナ禍中の日々を映す4つのストーリー。芥川賞作家・上田岳弘、初めての短篇集。

日本推理作家協会　編
2021　ザ・ベストミステリーズ
プロが選んだ短編推理小説ベスト8。「＃拡散希望」ほか、絶品ミステリーが勢ぞろい！

高原英理
不機嫌な姫とブルックナー団
音楽の話をする時だけは自由になれる！「好き」な気持ちに嘘はない新感覚の音楽小説。

講談社タイガ

森　博嗣
何故エリーズは語らなかったのか？〈Why Didn't Elise Speak?〉
反骨の研究者が、生涯を賭《と》して求めたもの。それは人類にとっての「究極の恵み」だった。

内藤　了
黒《くろ》仏《ぼとけ》〈警視庁異能処理班ミカヅチ〉
銀座で無差別殺傷事件。犯人は、一度も瞬《まばた》きをしていなかった。人気異能警察最新作。

講談社文芸文庫

大澤真幸

〈世界史〉の哲学　4　イスラーム篇

解説＝吉川浩満

西洋社会と同様一神教の、かつ科学も文化も先進的だったイスラーム社会において、資本主義がなぜ発達しなかったのか？　知られざるイスラーム社会の本質に迫る。

978-4-06-535067-6　おZ5

吉本隆明

わたしの本はすぐに終る　吉本隆明詩集

解説＝高橋源一郎　年譜＝高橋忠義

つねに詩を第一と考えてきた著者が一九五〇年代前半から九〇年代まで書き続けてきた作品の集大成。『吉本隆明初期詩集』と併せ読むことで沁みる、表現の真髄。

978-4-06-534882-6　よB11

講談社文庫　目録

塩田武士　朱色の化身
芝村涼也　孤《こ》闘《とう》の寂《せき》〈素浪人半四郎百鬼夜行(六)〉
芝村涼也　追憶の翰《かん》〈素浪人半四郎百鬼夜行(拾遺)〉
真藤順丈　畦と銃
真藤順丈　宝島(上)(下)
柴崎竜人　三軒茶屋星座館1〈冬のオリオン〉
柴崎竜人　三軒茶屋星座館2〈夏のキグナス〉
柴崎竜人　三軒茶屋星座館3〈春のカリスト〉
柴崎竜人　三軒茶屋星座館4〈秋のアンドロメダ〉
周木律　眼球堂の殺人〜The Book〜
周木律　双孔堂の殺人〜Double Torus〜
周木律　五覚堂の殺人〜Burning Ship〜
周木律　伽藍堂の殺人〜Banach-Tarski Paradox〜
周木律　教会堂の殺人〜Game Theory〜
周木律　鏡面堂の殺人〜Theory of Relativity〜
周木律　大聖堂の殺人〜The Books〜
下村敦史　闇に香る嘘
下村敦史　生還者
下村敦史　叛《はん》徒《と》

下村敦史　失踪者
下村敦史　緑の窓口〈樹木トラブル解決します〉
九把刀／阿井幸作／泉京鹿 訳　あの頃、君を追いかけた
神護かずみ　ノワールをまとう女
四戸俊成／芹沢政信　神在月のこども
篠原悠希　霊獣紀〈獲《かく》麟《りん》の書(上)〉
篠原悠希　霊獣紀〈獲《かく》麟《りん》の書(下)〉
篠原悠希　霊獣紀〈蛟《こう》龍《りゅう》の書(上)〉
篠原悠希　霊獣紀〈蛟《こう》龍《りゅう》の書(下)〉
篠原美季　古都妖異譚〈玉手箱〜シール オブ ザ ゴッデス〜〉
潮谷験　スイッチ〈悪意の実験〉
潮谷験　時空犯
潮谷験　エンドロール
潮谷験　あらゆる薔薇のために
島口大樹　鳥がぼくらは祈り、
杉本苑子　孤愁の岸(上)(下)
鈴木光司　神々のプロムナード
鈴木英治　大江戸監察医
鈴木英治　望みの薬種〈大江戸監察医〉

杉本章子　お狂言師歌吉うきよ暦
杉本章子　大奥二人道成寺〈お狂言師歌吉うきよ暦〉
ジョン・スタインベック／齊藤昇 訳　ハツカネズミと人間
諏訪哲史　アサッテの人
菅野雪虫　天山の巫《み》女《こ》ソニン(1) 黄金の燕
菅野雪虫　天山の巫《み》女《こ》ソニン(2) 海の孔雀
菅野雪虫　天山の巫《み》女《こ》ソニン(3) 朱鳥《あけがらす》の星
菅野雪虫　天山の巫《み》女《こ》ソニン(4) 夢の白鷺
菅野雪虫　天山の巫《み》女《こ》ソニン(5) 大地の翼
菅野雪虫　天山の巫《み》女《こ》ソニン　巨山《コザン》外伝〈予言の娘〉
菅野雪虫　天山の巫《み》女《こ》ソニン　江南《カンナム》外伝〈海竜の子〉
鈴木みき　日帰り登山のススメ〈あした、山へ行こう!〉
砂原浩太朗　いのちがけ〈加賀百万石の礎〉
砂原浩太朗　高瀬庄左衛門御留書
砂原浩太朗　黛家の兄弟
ラトナ・サリ・デヴィ・スカルノ　選ばれる女におなりなさい〈デヴィ夫人の婚活論〉
砂川文次　ブラックボックス
瀬戸内寂聴　新寂庵説法 愛なくば
瀬戸内寂聴　人が好き［私の履歴書］

2024年3月15日現在